U1005766

非琴俄罗斯文学经典译文集

Партизаны

游击队员

[俄]伏·伊万诺夫 著
非 琴 译

河北出版传媒集团
河北教育出版社

图书在版编目（CIP）数据

游击队员 / (俄罗斯) 伊万诺夫著 ; 非琴译. -- 石家庄:
河北教育出版社, 2018.8
（非琴俄罗斯文学经典译文集）
ISBN 978-7-5545-3667-4

Ⅰ. ①游… Ⅱ. ①伊… ②非… Ⅲ. ①长篇小说－苏
联 Ⅳ. ①I512.45

中国版本图书馆CIP数据核字(2017)第054401号

书　　名　**游击队员**
作　　者　伏·伊万诺夫（俄罗斯）
译　　者　非　琴
策　　划　杨　才　蒋海燕
责任编辑　郝建东
封面设计　于　越
版式设计　郝　旭
出版发行　河北出版传媒集团
　　　　　河北教育出版社　http://www.hbep.com
　　　　　（石家庄市联盟路705号，050061）
印　　制　河北新华第一印刷有限责任公司
开　　本　850mm×1168mm　1/32
印　　张　4.5
字　　数　100千字
版　　次　2018年8月第1版
印　　次　2018年8月第1次印刷
书　　号　ISBN 978-7-5545-3667-4
定　　价　23.00元

版权所有，翻印必究

编 委 会

主　任：吴晓都

委　员：李庆云　史兴祥　苏　玲　杨　才

陈晓丽　王斌贤　郝建国　蒋海燕

代译序

符·伊万诺夫（Φ. ИВАНО B1895—1963），俄罗斯作家，生于一个乡村教师家庭，在乡村学校读过书，在农业学校学习了一年。当过印刷工、水手等，到过西伯利亚、乌拉尔等地。国内战争时参加了革命工作，做过公安委员会的秘书，后加入赤卫军，防守鄂木斯克抵抗捷克人的进攻，这一段时期的生活经历为他日后的写作提供了丰富的素材。1920年底，高尔基帮助他到了列宁格勒，在高尔基的关怀、鼓励下，写成了中篇《游击队员》，得到高尔基的称赞。1922年又写了《铁甲列车》和《彩色的风》。以上三部书的总书名为《游击队员的故事》。1927年《铁甲列车》被改编成剧本上演，引起广泛的注意，《游击队员》这部作品反映了农民对苏维埃政权的向往。十月革命揭开了人类历史上新的一页，在历史上诞生了第一个苏维埃社会主义国家。但被推翻的阶级和帝国主义不甘心自己的失败，他们采取一致行动反对苏维埃政权。新生的共和国不得不面临敌人的军事威胁，敌人企图用饥饿、严寒、破产和贫困来扼死它。劳动人民响应党的号召，起来进行卫国战争，结果帝国主义的军事进犯和白军的叛乱都以彻底失败而告终。

《游击队员》写的就是农民在这场战争中的反抗。在这部小说里，作者创造了为自发的反抗情绪所支配的农民领袖的典型谢列兹尼约夫，写得很出色。这篇小说中游击队的活动是自发的又是被迫的，基本上反映了农民革命的要求——土地问题。此外，还写了人民对高尔察尼的憎恨，白军的惨无人性的残酷。小说也写了农民参加革命的片面性和偶然性。这儿写的仍然是农民的自发的游击运动。

这样的题材，伊万诺夫却用散文式的笔写出，这在写第一次卫国战争的小说中还是首创。

这部《游击队员》是1958年北京人民文学出版社主动约译

的。原本非琴对此类小说没兴趣的，但对他这个当时刚涉足外国文学翻译的小字辈青年来说，当时能有全国最高文学出版机构的人民文学出版社主动约稿，也够他有“良好感觉”了，何况刚交稿的1957年该社的主动约译稿《一个人的生活》得到副总编的高度赞扬“译文流畅……”，于是他也全力以赴地译完《游击队员》交稿。由于我们的国家当时特别强调文学为政治服务，甚至以国际关系的好坏为准则译介外国文学，上述两部译稿交稿后，中苏关系已恶化（少数大人物才知晓）。因此，不但《一个人的生活》未能出版，“游击队员”们也未能和当时的中国读者见面了。

五十年后的这些老“游击队员”们，在我整理《非琴俄罗斯文学经典译文集》时，我仍想将他们介绍给中国的读者，毕竟这也是俄国的一段有意义的农民革命史。不管后人对之有无兴趣，历史是不可磨灭的。正如中国的陈胜和吴广一样的自发农民起义一样不可磨灭，其他的历史事件也一样地不可抹杀。虽然时间过去了五十年，但历史人物在历史中是不会老的。我将这些当时年轻的游击队员的自发性革命事迹介绍给中国读者，以悼念他们的介绍人、译者非琴。

李庆云

I

瘦得皮包着骨头、活像一条干鱼的包工头叶莫林，在昂盖达依村市集上转来转去，碰到人就问：

“看见库勃佳了没有？”

“没有。”

最后，一个碧眼的土著西伯利亚人，看样子已经略带醉意，神秘地对叶莫林微微一笑，指点他说：

“库勃佳在教堂旁边……买手风琴呐……你找他干吗？”

“有事，”叶莫林很快地回答。

西伯利亚人一连打了四个嗝儿，走开了。

“有钱……鬼东西要买手风琴……准要装腔作势了。”叶莫林想，为到昂盖达依村来耗费了一昼夜时间，他觉得有点后悔了。

叶莫林不断被人推挤着。

根本无法走近柜台。叶莫林想要从夹道排列着的摊贩中间挤过去，可是这时赶来了成群结队的马和哀怨地咩咩叫着的绵羊。尘土有如许多污秽的黄点，笼罩在木板搭成的小铺子上。

“好热呀！”叶莫林一面说，一面擦擦汗湿的、青筋嶙嶙的脖子。

因为闷热，喉咙里觉得发干，市集上的嘈杂声吵得人耳聋，柜台上那些白洋布、绸子和中国印花布，斑斑点点，绚烂多彩，耀人眼花。

“这么热的天——还挡不住出来挤！……人们都发疯了！……”

教堂附近不那么挤了。这儿是陶器市场，只听见那些车辆旁边一片盆儿罐儿尖细的叮当声，和小贩们的吆喝声。库勃佳穿一件蓝土布衬衫，一条同样料子的短而宽的裤子，赤脚穿着一双破鞋，正站在教堂围墙旁边，端详一只黄色的小泥公鸡。

一个穿灰长衫的高个子土著西伯利亚人，眼神无精打采地瞅着这个顾客。

“你一天能赚很多吗？”库勃佳问。

“没有准。”

“也许，能赚五十卢布吗？”

西伯利亚人瞅瞅顾客的破鞋子，不乐意地回答：

“有时候也能赚上五十卢布。”

“你看他多有办法啊！”库勃佳怀着敬意说，一面把小泥公鸡放还原处。“老兄，你还是别做公鸡了吧……”

“怎么，你叫我做老鸹吗？”

“不是老鸹，比方说吧，做桦树皮篮子也成，那可就强得多了。”

“我们自己知道该做什么。”

“唉，你呀，你这个饶舌的家伙！”

库勃佳看见了叶莫林，于是指着西伯利亚人说：

“你把他，把这个饶舌的家伙带了去吧——他会做公鸡。”

“各人有各人的事情。”叶莫林严肃地说，“库勃佳，我有事找你。”

库勃佳又拿起小公鸡，摆弄了一会儿，把它买下了。这倒不是因为需要，而是想让叶莫林看看，他，库勃佳，并不缺钱。

“喂，讲吧。”

“走吧，在路上告诉你。”叶莫林说。

库勃佳把小公鸡塞到衣袋里，跟着叶莫林往前走去。

“你在干什么活儿呀?”

“干我们这一行的，活儿多得很。”

“到底是什么呢?”

库勃佳嘴唇上面耷拉着的胡子底下露出了微笑：

“如今人死得可真凶，就跟野火在草地上烧起来似的。”

“那又怎么样呢?”

“要棺材呀……”

叶莫林用舌头舔湿了发干的嘴唇，轻蔑地说：

“荒唐！做棺材——这是最下贱的活儿……戈尔布林在吗?”

“在村里。”

“别斯巴雷赫呢？”

“也有个别斯巴雷赫，索洛明内赫也在这儿。”

“也许，还有旁人吧？”

“当然有啦！可是你要干什么呢，森林里的怪物？”

叶莫林疲惫的黄脸上挤出了一丝微笑：

“怎么，忍不住了吗？”

库勃佳高声说：

“我喜欢在劳动组合里干活儿，叶戈雷奇！”

“可是你说，你那儿有人呐。”

“你这个吸血鬼，不管怎么着，也不能跟你说实话……什么都得跟你兜圈子。要不，你准会把人的血都吸干的。”

库勃佳望了望他那张朝左歪的嘴，心里想：“坏蛋”。叶莫林站住了，他那有点儿发黄的眼白不时微微闪烁着，说：

“因为你们除了自己，对谁也不相信，明白了吗？”

库勃佳喉咙里呷了一声。

“鸭子呷呷叫，性命就难保！……可是，库勃佳，我想跟你们谈的，是这么一回事。我在乌利亚修道院里包了一件活儿，造谷仓。木材那儿有现成的，工具，大概你们自己都有吧？”

“当然啦……论月呢，还是论天？”

“论天。二十卢布，吃我的。”

“没有这样的傻瓜。”

“什么傻瓜？”

库勃佳往旁边迈开一步，尖声叫道：

“你好滑头哇，叶戈雷奇！简直糟糕。如今割草一天都给八十个卢布，谁还肯上你那儿去呢？”

“你真没出息！割草只有一个月，这儿却是整个夏天，还有整个秋天。”

“如今城里头高尔察克的钱要四十卢布才买一瓶伏特卡，叫我有什么办法呢？”

“好啦，”叶莫林和解地说：“上我那儿去喝杯茶吧。”

“有家酿酒吗？”

“不是家酿酒，老弟，是老牌伏特卡。”

“哈，头等货!”库勃佳朝大腿上拍了一把，狂喜地大嚷道。

他们通过了市场，叶莫林转到一条小巷里。包工头拨开木门闩，钉着铰链的木板门吱吱呀呀地响着，敞开了。一只拴着链子的狗，连蹦带跳地冲着他们嘶哑地吠叫起来。一个女人的声音打木头造的牛栏里拖长了声调问：

“谁在那儿——?”

“是我，玛特维耶芙娜，是我，”叶莫林回答，说着走上了用大块雪松板钉成的高台阶，“给我们生上茶炊吧……”

“这就来。”

一个年轻女人，穿一件浅色印花布外衣，手里拿着挤奶桶，从牛栏里走了出来。叶莫林一边往过堂门里走，一边问她：

“为什么这么迟才去挤奶呢?”

“没法子，”她回答，一面把茶炊烟囱弄得哐哐地响，“你们在哪儿喝啊，在屋里呢，还是在阴凉儿地里?”

叶莫林弄得抽屉里的碗盏哗啦响了一声。

“都一样。就在屋里吧，那儿苍蝇好像少一点儿。”

“这些苍蝇可真要人的命！我们一次一次地给它下毒药，可是一点儿也不顶事……前些天有个庄稼人弄来了一种什么精气，倒是挺管用的。”

“不是精气，是氢气，毒金花鼠的。”叶莫林改正说。

女人笑了。

“谁知道它们呢。如今什么都是颠三倒四的。你瞧，在鄂木斯克立了个外国沙皇，人都管他叫图财者。”

叶莫林淡淡地一笑：

“没有知识的女人，真是一窍不通！……你们简直跟熊一样。听说，高尔察克是世家出身，而且也不是沙皇——是独裁者……”

“还不是一个家伙。”库勃佳说。

“家伙是一个，酒却各式各样。一会儿给你装白兰地，一会儿又装家酿酒。”

“甚至给你装水银。”

“水银喝不得，可是吉尔吉斯人用它来治花柳病……”

叶莫林坐在一条上了漆的靠背长木凳上，库勃佳坐在一张上了漆的木头椅子上。屋里凉爽宜人——小窗子里只透进了一点儿亮光，光线被几棵阔叶的天竺葵遮住了。天竺葵栽在上了釉的花盆里，飘送着淡淡的清香。门上和暖炉上，满都是画在黄底上的大朵蓝花，地板上铺着用破布编成的长方地毯。

女主人从橱里拿出碗碟，把细面的白面包，雪球花果和磨碎的稠李做馅的馅饼都摆到桌子上。这时，叶莫林颇为自负地发起议论来了：

“库勃佳，你就拿我来做个榜样吧。你说说看，从前我是个什么样的人，如今也混得出人头地了？……”

当叶莫林拔酒瓶塞的时候，库勃佳正急不可耐地等待着，因此他嘲笑地回答：

“你根本就没有出人头地。”

“你说谎！举个例子说吧，原先我是个穿草鞋的、彼尔米[①]

---

① 地名。

的穷庄稼汉。如今我有铁顶的房子，谈家产吧，别提有多么好了，而且大家都敬重我。”

“那可得谢天谢地!”

“当然谢天谢地，”叶莫林肯定地说，一面拔出了软木塞，把伏特卡倒在酒杯里，“只是您任什么都不懂。喝吧!”

“您自个儿喝吧……”库勃佳按照习惯推辞说。

“喝吧。”

“我不喝。”

叶莫林干了一杯，挤了挤眼，咧了咧嘴，用不干净的蛀牙咬了一口馅饼。

“劲真大，鬼东西……喝吧。”

库勃佳干了一杯，也挤了挤眼，咧了咧嘴，一下子就把一个馅饼都塞到了嘴里。

“嗯……”他含糊不清地说：“还不错！……劲蛮大！……”

“喝吧！……”叶莫林说。

库勃佳已经不再推辞了。

叶莫林胃口不好，他用长手指在面包上忙乱地抠着，掰掉硬皮，放到一边。库勃佳吃东西是匆匆忙忙的，不等嚼烂，就整块整块地吞下去。瞅着他嘴上鼓起的鼓包迅速移动着，叶莫林举止优雅地喝着砖茶，派头十足地大发议论说：

“你们在人群里混的时候太少了……我是说，在有教养的人们当中，因此你们才不相信别人。没有信任，连母鸡都不下蛋，别说是在人群里生活了……”

库勃佳端起酒杯，他坐的椅子低沉地、咯吱咯吱地响起来了。叶莫林接着说：

“你们连政权都不尊重，简直跟熊一样……别坚持自己那一套了吧，鬼知道你们需要什么！……哪，我干它一阵子，以后就想去歇着了。你去歇着吧，叶莫林老兄，再没有旁的了！”

库勃佳打了个嗝儿，离开了桌边：

“谢谢，主人，谢谢你的面包和盐[①]。”

---

① 意思是谢谢你的款待。

叶莫林又斟上了酒。

“喝吧，库勃佳。不值得谢。”

库勃佳摆了摆手，他觉得奇怪，动作为什么这么轻快。

“既然我道谢，你就接受吧——别说什么了。不过你要歇着，叶莫林，那可不成。”

“为什么？既然我们应分休息，为什么不成呢？……”

“就是这样。”

“有谁敢妨碍我吗？”

“有哇。”

叶莫林侧着手掌，敲了敲桌子。

“不，你说出来！我想要知道。”

库勃佳微微一笑，对他眨了眨眼：

“有哇，叶戈雷奇，别人会替你休息的……真的！……”

“是儿子吗？”

“我们都是儿子，不过不是一个爹的。这……样……你造了房子，寻思着：‘休息休息，享享福吧……’老弟，要造结实一点儿——比方说吧，要有铁屋顶，还有荷兰式的壁炉。可是——去你的，你连什么也捞不到！不成。会有阻碍的。”

“什么阻碍？”

库勃佳大睁开粘在一起的眼睛，突然轻轻地、缓慢地笑了：

“哈——哈——哈——嘿——嘿……您还是一棵嫩草，嫩得很呐[①]……哈——哈——嘿……”

叶莫林也笑了：

“哈——哈——哈——嘿——嘿……你真是一窍不通，愚昧得很呐……哈——哈——哈——嘿……”

女主人从过堂门里探头进来望了望，挥了挥手：

“哎哟，姑娘们，可笑死人了！”

于是，也爆发了一阵咯咯的、细碎的笑声。

---

① 意思是您还没有处世的经验。

Ⅱ

库勃佳酒醉以后从来也不头痛，只是喉咙里奇痒难熬，仿佛火烧火燎似的。早上库勃佳醒来以后，两脚一会儿碰到桶上，一会儿绊着了丢得满地都是的木板，好久好久找寻勺子，没有找到。于是用两只胖手捧起盛水的大桶，喝了一个痛快，洒出许多亮晶晶的水珠，泼到了香喷喷的白色锯末上。

他听了听，水在肚子里咕噜咕噜地响，这才想起来：昨天被叶莫林雇下了。

“就跟自己的活儿还不够做似的，”库勃佳不以为然地想，一面掰开一块干得咔嚓咔嚓的面包。

叶奥丽哈老奶奶目光锐利地朝他望了一眼，对他嚷道：

“又喝醉了吗，库勃佳？市集早都散了！”

库勃佳用手指头擦了擦眼，回答说：

“我知道。”

“应当干活儿。”

“我也正想干活儿。”

“那么干吗在大门口上蹭来蹭去的呢？你上哪儿去呀？”

库勃佳把一块面包塞到嘴里，朝地窖里望了一眼。那儿又凉爽又阴暗，屋子里面苍蝇怪讨厌的。

叶奥丽哈更加凝神瞅了瞅他，拿起壶壁上蒙了一层水汽的牛奶壶。

“吃吧，库勃佳。干吗光吃干的呢？牛奶是今儿个的。”

“我不爱吃牛奶。”库勃佳说。心里想：“应当告诉大家伙儿去。准要骂我了，这些该死的东西！”

叶奥丽哈把牛奶放下。

“就知道你不爱吃。”

她把手掖到围裙底下，把像鸡蛋似的宽鼻子扭过去，避开库勃佳。

“在哪儿干活呀？”

“给叶莫林干。”

“一个人吗？……”

“想要搞个劳动组合。”

老太婆轻轻关上沉重的、裂了缝的地窖门，悄悄地说：

“你们，如今这些人，全都没有胆子——大家都想进劳动组合。正是为了这个，沙皇才扔下你们走了。”

“把他赶跑了。”

“怎么想的了……”老太婆不相信地拖长声调说，“说的可倒好！”

“是个坏沙皇。”

“沙皇全都是坏的，好的咱也不想要。”

“为什么？”

老太婆敏捷地端起盛煤的筐子。她一边走，一边含糊不清地嘟囔着：

“沙皇本来就该坏。应当厉害着点——可不是吗，谁厉害，谁就是坏人。没有好人，也照样能过日子。你瞧，碰上了一个好沙皇，唉，他一看，事情不妙——跟这种该死的老百姓们一道，难道能过得下去吗？于是……啐了一口……就走了……”

“您真糊涂。”

老太婆朝下耷拉着的双颊一下子涨得通红。她把筐子丢到台阶上，冲着库勃佳嚷道：

“你给我滚，懒汉，滚开！……”

“我这就走。大概，你对高尔察克挺满意吧？”

“他和我有什么相干呢？”

“他厉害呀。”

“到底不是俄国人。听说，是捷克人立了个奥地利人。他是个俘虏吗，还是什么人呢？”

“谁知道他呢。”

“我倒多少知道一点儿，他是跟德国人打仗的时候掳来的俘虏。你瞧，在俄罗斯——那儿是个女皇。”

库勃佳本来已经走了，可是又站下来说：

“什么女皇！你怎么了，奶奶，你莫非疯了吗？”

"那么，打仗是为了什么呢。打仗就是为了争天下。这儿是这个考（高）尔察克，那儿是鲁（罗）马尼亚……不知道他们是为什么打仗，老百姓却受了害……咱们这些庄稼人，日子一点儿也不好过……"

她从过堂门里拿了一个盛着米的筛子，匆匆地尖声叫道：

"咕——咕——咕——咕……"

淡黄色的小鸡雏，活像一团团黄油，摇摇摆摆地从屋檐底下跑了出来。

移民们套着犍牛的长长的大车队在街上慢慢走过。牛轭吱嘎吱嘎地响着，牛蹄子仿佛不乐意似的扬起了温暖、柔软的尘土。偶尔有信旧教的西伯利亚老住户的马车，嘚嘚地飞跑过去。旧教徒懒洋洋地用一只眼瞅瞅移民们的大车队，然后照着小马狠狠地抽一鞭子。几个小伙子和几只狗躺在街道两旁又浓又暗的阴凉地里。村舍后面，大森林恰似一道围墙，环绕着村庄，苍苍茫茫，蓊郁葱翠。

库勃佳不大乐意地去找他的伙伴们。昨天喝醉了酒，他对叶莫林谈起自己和大伙儿的事情，说得太多了。现在他担心地想："这些鬼东西，要是他们不答应呢！那我可就要倒霉了。"

早上，戈尔布林和别斯巴雷赫几乎总是在索洛明内赫家里。随后三个人一道来找库勃佳，要么是在这儿干活儿，如果没有活儿干，就谈谈姑娘们和家酿酒。

索洛明内赫有一座木头房子。这座房子是用雪松木盖的，年代已经不少了。有用木材砌成的高围墙，宽大的大门好像是用石板削成的，门顶上竖着一根长杆子，上面绑着一束干草——冬天索洛明内赫留过往行人在他家里住宿。

他家的院子也很大，阴暗，干净。一大块一大块的木材上已经起了绿斑，可是还都挺结实，满可以用它们盖两座房子。

冈沙·索洛明内赫正坐在院子当中一块大木头上，用斧头剁烟叶。他头上长满浓密的头发，一团一团，乱蓬蓬的。没戴帽子，满头是汗，可以模模糊糊地看出，他头上正冒着热气。他这个人简直像一棵从地里拔出来的树墩——浑身发黑，冒出一股泥土味和什么潮乎乎的浆汁气味。

别斯巴雷赫仰面朝天躺在地上——他满脸雀斑，黄头发，活像一个棕黄色的蘑菇。戈尔布林背靠着大木头坐着——宽脸，高颧骨，眼睛好像在脸上开了两道细缝。

当库勃佳走进院子的时候，他们三个都回过头来，期待地望了望他。

“准是知道了。”库勃佳想，他发窘了。

“让我抽口烟。”他说，说着就伸手去抓烟叶。

索洛明内赫从口袋里掏出绿色的皮烟袋，用低沉的声音说：

“你别动刚剁的那个，那是湿的。从烟袋里倒点吧。”

别斯巴雷赫两腿一蹬，飞快地站了起来。

“你怎么，”他说，说话的声音是咝咝的，“跟叶莫林搞到一起了吗？”

库勃佳不懂他的意思，摊开双手，耸了耸肩。

“我刚碰到了他。他说：‘你们什么时候上工去啊？’我说：‘嘿，你瞧，我们没处可去。’——‘不是讲好了上修道院里干活去吗！’——‘这可更妙了！……什么修道院？’我问。他说：‘你们去问库勃佳吧。’”

库勃佳匆匆地抽着马合烟[①]，开始叙说去干活的事，他还没有谈妥，只不过是这么讲过罢了。

“去不去全在你们。”他结束说，并且轻蔑地啐了一口，“照我的意思，哪怕这就去告诉他呢——我们不去。不过他一天给20卢布，吃他的……”

别斯巴雷赫绕着那块大木头转了一圈，库勃佳刚一住口，他就像叫针扎了一下似的，忽然大嚷道：

“去吧，伙计们！”

戈尔布林在大木头上蹭了蹭脊背，随后又伸手在背后肩胛骨底下搔了搔——他这么做根本没有任何意思，毫无必要。他想要站起来，可是又改了主意：“来得及的，再坐一会儿吧。”冈沙·索洛明内赫仍然用斧头剁烟叶，一声一声，节奏均匀，那块大木头也轻轻地发出了嗡嗡的低音。

---

① 一种廉价烟草。

库勃佳在等着，心想：“要是这些鬼东西问，你为什么和叶莫林喝伏特卡呢？不遵守劳动组合的规矩。”

奶牛在牛栏里哞哞地叫起来了。

“为什么不赶到牛群里去呢？”库勃佳问。

索洛明内赫声音嗡嗡地说：

“今儿个……生小牛了……”

“索洛明内赫说话声音嗡嗡的，就跟木头墩子一样。”库勃佳想，于是也坐到那块大木头边上。

别斯巴雷赫拾起一块木片，朝一只鸽子投去。鸽子匆匆地扇动双翼，飞了起来。

库勃佳在等着：“他们在考虑呢。”

过了一会儿，他不慌不忙地问：

“喂，你们怎么样啊？”

戈尔布林努力把他那不可捉摸的思想从心灵深处拉上来，说：

“我没有什么……我能去……家里的事有我爹管……既然要动员，准会把咱赶了去的。只是咱们的冈沙是个治家的好手，他不能去。”

别斯巴雷赫在库勃佳背上拍了一把：

“他是个好样的，可以相信他。”

索洛明内赫把斧头轻轻地剁到那块大木头上，把烟叶收到无檐帽里，然后站了起来。

“走吧，小伙子们，喝茶去吧。”

“那么，干活儿你去不去呢？”库勃佳讨好地问。

索洛明内赫像牛套上了牛轭一样，稍微有点儿紧张地往台阶上走去。

“我有什么呢，”他坚决地说：“要干活，我决不逃避，能去。”

于是高声说：

“婆娘！茶炊生好了吗？”

一辆雪橇倒在地上，旁边有一只红脑袋的小狗，朝前走了几步，尖叫了一声。库勃佳带着赞美的神情搂住冈沙的肩膀，轻轻摇了摇他：

“好朋友！大嗓门儿的！”

索洛明内赫摇晃摇晃肩膀：

“得啦，别调皮啦。”

喝过了茶，他们去找叶莫林谈判。包工头正在套马。他一面抽紧马颈轭上的皮带，一面朝木匠们这边回过头来，因为用力，挣得满脸通红，他赞同地说：

“来了吗，工匠们？好极了！”

随后，他理顺马颈轭下的鬃毛，在马脊梁上拍了一把，把手伸给木匠们：

“你们好！”

只谈了几句话。他们想要过3天再去上工。叶莫林却坚持：明天去。

“多好的天啊——能把人心都照透了的！为什么白白把它耽误了呢？这儿只有十俄里路——遛遛腿就走到了。怎么样？”

他讨好地瞅瞅他们的大胡子，看得出来，他的眼睛里还隐藏着另一种想法。

“要不，小伙子们，只有我孤单单的一个人，简直像只老公鸡……还得跟这些长毛[①]混在一起……”

木匠们答应了。他们笨拙地伸出手来，和叶莫林握了握手，就走了。叶莫林坐上马车，说：

“不安静的小伙子们，在家里待不住。”

午饭以后，他们喝足了喀瓦斯，就出发了。索洛明内赫给宽大的伊尔比特[②]式大车套上了马，抱了两三抱草铺在车里，把装在骆驼毛布长口袋里的工具扔到车上。索洛明内赫的老婆给赶车，一路上她一个劲儿地抱怨丈夫：

“天知道你是上哪儿闲逛去……要是家里没有活儿干，倒也罢了……”

索洛明内赫坐在车辕上，两条腿朝下耷拉着。路边上沾上了焦油的杂草，噼噼啪啪地鞭打着他的靴子。

别斯巴雷赫又说起他在德国当俘虏的故事来，这个故事

---

① 指神父。

② 城名。

大家全听腻了。

“他们打我……”他像女人似的尖叫，“是啊，这些鬼东西，打我……”

库勃佳讥诮地说：

“所以把你的心眼儿打掉了……”

“伙计们，我的心眼儿可打不掉！就是把我的魂掏出来，还是够不到我的心眼儿。”

“这么远吗?”

“比你的房子还远呢……”

库勃佳哈哈大笑起来。索洛明内赫的女人用缰绳朝马身上抽了一下子：

“笑了，该死的！全都想出门。就没有个肯种地的!”

“我们是匠人，”戈尔布林说：“你大概是离了桶就活不成了吧①。”

---

① 意思是“离了家务事就无法生活了”。

婆娘激怒地说：

“男人可给我做了多少桶啊？随便是谁，可不是我，哼，你们就这么闲逛去吧……没有分到土地……”

婆娘每次送索洛明内赫出门，总是像给他送葬一样。以后，等他带了个回来，她买了新东西，于是就不作声了。因此，他只是间或透过嘴边浓密的胡子，嘟嘟囔囔地说：

“住嘴吧！就跟母鸡下蛋一样，叫起来可没有完了……”

戈尔布林是为了同伴们才去的，他觉得很无聊。他想睡一觉，可是有好多粗树根伸到了车辙里，大车颠得厉害。柔软的奶饼、油饼、雪球花果馅的馅饼，都丢在后面，丢在村子里了——他含着敌意瞅了瞅库勃佳，抽起烟来。

库勃佳吹吹口哨，低声唱唱歌，和别斯巴雷赫开开玩笑——他的鼻子、双颊和胡子，都顺从地迅速颤动起来。

到乌列亚村说是十俄里，想必是森林里的怪物量的，要不然就是天生的这种怪路，就像走山路一样——直到傍晚，木匠们才来到乌列亚村。

小河对岸，高坡上隐约现出一片房子，黑乎乎的，窗玻璃上满是灰尘。玻璃和房子都已经有了些年代了。

横跨小河有一座摇摇摆摆、没有栏杆的木桥，紧靠着山脚，山脚下是一片树干粗壮的树林。沿山谷向右——是草地。乌列依卡河流经草地恰似在上面缝了一条白金线。

修道院围着一道低矮的石墙，夹在松林和白桦林中，好像闷得喘不过气来。一座白色的亭子跳了出来，悬挂在长满山水杨和稠李丛的断崖上。

“站住吧。”库勃佳说。

木匠们都跳到了地上。库勃佳说：

“女人回去天太晚了。这儿还有多远呢，咱们走着去。叫她回家吧。”

索洛明内赫同意了：

“让她回去吧。”

于是生气地对女人说：

“回去吧，我们走着去。”

婆娘把马掉回头去，一面赶车往回走，一面问：

“星期天你回来。还是我看你去？……”

“最好是你来，”索洛明内赫声音嗡嗡地说。

库勃佳挑衅地大声说：

“给带礼物来呀！”

“叫你发疟子，可不是给你带礼物来！……驾——[1]……”

“瞧，真凶！……我可不跟你做亲家……”

“熊才是你亲家呢！……”

Ⅲ

口袋和衣服乱堆在草地上，显得很脏。

戈尔布林直瞅着这堆东西，好像这就要躺下睡觉似的。

---

① 吆喝马。

大家都被布满树根的道路颠得够受，现在都很高兴地使劲践踏着浓绿色的草地。

库勃佳望了望修道院，用很满意的声调说：

“到了，叫它活见鬼去吧！瞧，它钻到了紧山脚底下，真跟女人的裙子边一样……绿的上面——搁上一块红的……”

索洛明内赫挺讲求实际地问：

“那儿房子怎么样啊？包工头说过没有，库勃佳?”

“他说，房子是新的，还没住过人呢。”

“是这样啊……”

索洛明内赫挟着围着口袋张罗的别斯巴雷赫的胳膊，把他拖到了路上。

“走吧，啊?”

别斯巴雷赫跳到了一边：

“等等！得吃点东西……”

“可把你颠坏了。没等走到——就想吃东西。”

库勃佳好像忽然有了主意。他不知为什么浑身猛烈扭动了一下，弄得土布裤子也抖起来了，一起一伏，好像波浪一般，然后用带弹性的年轻人的声音大叫道：

“嗳，伙计们！……莫非今天还要上这个老鬼叶莫林那儿去吗？……哼，去他的吧！在这儿过一夜，明天再去。别看那儿住处是新的，房子是刚盖的，可是咱们——才瞧不起它呐，明白了吗？”

大伙儿听完了库勃佳的话，索洛明内赫说：

“去跟人家借宿吗，还是怎么着呢？”

“如今咱们成了流浪汉，”库勃佳得意地说：“哪儿还有脸上别人家去。”

“难道就在露天地里过夜吗？”

库勃佳像士兵那样打了个立正，他那长着灰白色眉毛的麻脸上，忍不住漾出了微笑：

“是！”他快活地大声说。

别斯巴雷赫坐在草地上，就打那儿插嘴说：

“会冻死的，伙计们！”

戈尔布林不喜欢住新房子，很不乐意地说：

“冻不死。”

两个钟头以前，当他们还在村里的时候，大概会觉得像这样的提议是值不得当真的，可是现在都立刻同意了。

库勃佳把他们领到小河边一块空地上。索洛明内赫离开了家、婆娘和马以后，似乎活泼多了——他走起路来膝盖微微地哆嗦着。

三只村里的狗瘸瘸拐拐地跟在他们后面，偶尔叫上一两声，从它们的尾巴和脸上可以看得出来，它们叫得并不认真，只不过是因为觉得无聊罢了。

木匠们躺在草地上，像到了家里似的吭了一声，就抽起烟来。村里的人们围了上来。

大家已经知道，他们是到乌列亚村来造谷仓的。大家都打听叶莫林，问他的家产，谁也不问问木匠们自己过得怎么样，为什么要出来做工。

别斯巴雷赫冒火了，当这些人当中一个特别爱纠缠的人走开以后，他对着他的背影喊道：

“你们就不把工人当人，叫你们都害肚子痛！……”

库勃佳吹吹口哨，去拾干草和树枝，好拿来铺在地上。索洛明内赫拾了些树枝来，还有几把枯黄的连枝松针。

“松针往哪儿放啊，你这个无事忙？”

“当蜡烛。”

木匠们燃起了火堆，坐上了茶壶。这时候有一只大白母鸡尖声咯咯叫着，从火堆旁边跑了过去。戈尔布林突然扑过去抓它……

暮霭愈来愈浓。小河里的鱼游来游去，溅得河水泼刺泼刺地响。有谁从桥上走过——桥板发出吱嘎吱嘎的响声。村子里一片寂静——全睡着了。树丛仿佛在轻轻摇动，喃喃低语，好像打算逃跑似的。空气里弥漫着树脂烟味和河边上的泥土气息。

暮色苍茫中戈尔布林活像一墩满天星[①]，他静悄悄地赶上

---

① 满天星是一种植物。

了母鸡。可以听到他的沉重的呼吸声，鸡翅膀的扑打声和受惊的咯咯声。

一个小学教员从大门里走了出来，在火堆旁边站下，问了个好。他姓科别列夫-马里谢夫斯基。他身上什么都是平的——脸，胸膛，还有罩着靴筒的平整的长裤，连他说话的声音也是那么流畅，耳朵似乎就捕捉不住它。

“那是谁啊？”他问，伸手指着正在奔跑的戈尔布林。

库勃佳抓起一束松针扔到火堆里。火焰啪啪地响着，照亮了空地。

“叶戈尔卡，我们一道的。”库勃佳不乐意地回答，“你问这个干吗？”

“他在逮我的鸡。”

库勃佳竖起棍子朝火堆上轻轻戳了一下。火星像一根金柱子似的飞腾到空中。

“你说，鸡是你的吗？这只鸡可真不好。你瞧，它在鸡架上待不久。”

戈尔布林胳肢窝底下挟着那只鸡走过来了。他和那鸡，两个都在沉重地喘息。

“把斧子递给我。”他对库勃佳说。

教员把手插到衣袋里，声音忧郁地说：

“鸡是我的。”

“是吗？”戈尔布林疲倦地喘着气说，“可我们这就照高尔察克那样，砍掉它的脑袋。”

教员本想吵骂，可是记起了学校里只有他独自一个，既没有灯亮，又没有事情，怪寂寞的。厨房里弥漫着一股发面味，屋里是天竹葵的香气。母亲躺在床上，哼呀咳的，时常起来喝喀瓦斯。她只有四十岁，却自以为是个老太婆了。

科别列夫-马里谢夫斯基斜眼瞅了瞅索洛明内赫，没有作声。

索洛明内赫觉察到了他的目光，就说：

“你坐下，做我们的客人吧。我们这就把它煮了吃。”

别斯巴雷赫看到鸡的主人并不吵骂，于是提起水桶跑去打水，一路上弄得水桶叮叮当当的。他舀水的时候，觉得水像活的一样，抓住了他的桶，想把它拉过去，他狂喜地高声大喊：

“伙计们！水多热乎啊，来洗个澡吧。”

“快点提回来吧！别胡扯了。”火堆旁边有谁大声说。

科别列夫–马里谢夫斯基脱下大衣，把它铺在身子底下。

“是来做工的吗？”他问。

“做工的。”索洛明内赫回答。

“我听说了。叶莫林说，是他雇的你们。他说，雇的挺便宜。他是个卑鄙的小人，准会把你们累坏了的。”

索洛明内赫很粗鲁地说：

“不会。这关你什么事呢？”

“我倒没有什么。觉得可怜呐，像可怜大家一样。”

“你是说可怜吗？”

“我的天性如此。要知道，我的祖父是个波兰贵族党人，被流放到这儿来的。受了裂鼻刑，还挨了打。”

“是为了偷东西吗？”库勃佳拨着火堆问，“听说，从前为了偷东西要受裂鼻刑。”

“他们组织起义，为的是不再受俄罗斯管辖。他们是波兰人？”

“这就像如今跟捷克人似的吗？”

教员略等了一会儿，仿佛他的心里还没有平静下来，然后回答说：

“就连我这个姓——马里谢夫斯基，也是个波兰姓，是跟着我祖父姓的。科别列夫——是这儿矿上人们嘲弄我的父亲，又给加上去的，为的是听起来更可耻[①]。从前有个著名的将军，也姓科别列夫，他征服了土耳其斯坦，打败了土耳其人。”

“斯科别列夫[②]，不是科别列夫。”库勃佳说。

“你先等等。等他出了名以后，沙皇才给他加了个‘斯’

---

① 科别列夫的意思是“雄狗”。

② 斯科别列夫（1843—1882），帝俄时著名的将军。在1877—1878年俄土战争中卓立战功，显示出了出众的军事天才。

字。为的是叫他进客所的时候不至于觉得那么羞耻。曾经动员我参加对德战争，我也幻想着能够出名，想办法改一改自己的姓。可是没有机会。打仗的人那么多，就像河里的水一样——难道一滴水能有什么作为吗？我在那儿伤了脚，在军医院里躺了一个时期，后来就复员回来了。”

索洛明内赫转身背对着火堆，说：

“所以如今你还是个科别列夫。”

“看来，到死也得如此。”

“盼着来个沙皇吧——他会叫你改姓斯科别列夫的。”

“我倒不希望再来个沙皇，大概，也跟你们一样。我不是跟你们说过了吗，不管对什么，我都觉着可怜，这是我世代相传的天性。这不是吗，孩子们上学没有穿的——可怜，没有纸，没处写字——可怜，人们日子过得不好——也是可怜……”

马里谢夫斯基好久好久谈着各种可怜的事情，于是他当真觉得对自己可怜起来，也可怜起这些须发蓬乱、带着斧头的粗人来了。他又开始讲，他以前是受的什么样的教育，没有一个人怜惜过他，因此他虚度了多少美好的光阴，也许，现在他会成为另一个人的。这么说着，科别列夫-马里谢夫斯基真想失声痛哭了。

别斯巴雷赫拿了把汤勺，尝了尝汤：

“还早呢。让它再滚会儿吧。”

他解开口袋，拿出几把汤勺，挑了把最干净的递给马里谢夫斯基。别斯巴雷赫切开白面包，把它们放在手巾上，然后从火堆上端下了小锅。库勃佳又往火里添了些松针。

木匠们吹着汤勺，喝起汤来。教员只喝了几勺，就挪开了。

“你怎么了？”索洛明内赫说，“吃啊。”

“我不饿，刚吃过晚饭。”

科别列夫-马里谢夫斯基瞅着他们——他们的嘴巴周围长满了 片片的胡子，颧骨上下牵动着，咀嚼着面包和肉。他用单调的声音说：

“修建了教堂，是为了祈祷，可是你们从来也不进去。只是到了骂街的时候，才想起上帝来，你们既不信教，对政权也没有坚强的信念。谁知道你们想要什么呢。这样的生活，就是上了吊，还是觉得受不了。跟狼似的，谁也不了解谁。我们这儿有这么一个故事：有两个人在一道儿耕地——一个土著的西伯利亚人，一个移民。突然，打了个闪，下起大雨来了。移民在喃喃地祷告，西伯利亚人却直翻白眼儿。后来他问：'伙计，你这是嘟囔什么啊？'——'念免灾的祈祷文。'——'教给我吧，也许，会用得着的。'于是开始教给他：'我们在天上的父，愿人都尊你的名为圣……'[①]——'不，'西伯利亚人摆摆手说：'太长，不要学了。'不管什么都要短，因此人生也像鸟儿的爱情一般[②]。"

教员觉得很委屈，因为木匠们吃了他的鸡，竟不向他道谢。还有，他们谁也不理会他，城里已经有三个月没给送薪水来了——这也使他觉得委屈。

---

① 译文引自"马太福音"第六章（九）"主训人的祷告"。

② 鸟的爱情只有一夏，意思是人生非常短促。

他坐在火堆旁边，说着根本不是他想要说的话。好像是有谁在背后替他讲话，他只不过是动动嘴唇罢了。

木匠们好像觉得，他们正光着身子在冰水里走路——这片冰水似乎无边无际。

松针燃烧着，噼噼啪啪地乱响。狗在火堆那边尖声吠叫——戈尔布林给它们往黑影里扔去了几块骨头和吃剩的残渣。

索洛明内赫蒙起头来，含含糊糊地哼着。也不知他是睡了呢，还是在讲话。别斯巴雷赫和库勃佳侧身躺着，在抽烟。他们的脸都被火照得通红。

谁也不搭理马里谢夫斯基。一块炭屑落到了他的膝盖上，他用手指把它弹掉，又谈起爱情来了。

戈尔布林走开了，不一会儿，他那矮壮的身子就从火堆那边的黑影里走了出来，三只毛蓬蓬的狗跟在他身后边。他叫它们排成一排，蹲下，然后举起一只手来，尖声大叫：

“呶——！……”

狗都抬起前爪，用后爪蹲着。它们脸上神情异常疲倦，可以看到它们嘴里白色的长牙。马里谢夫斯基觉得害怕了。

戈尔布林也坐到狗的旁边，眼珠转动着，像狼一样高声嗥叫起来：

“呜——呜——呜——噢——噢——噢！……”

起初是一只，后来又有一只，最后，三只狗都拖长声音大叫：

“呜——呜——呜——噢——噢——噢！……”

科别列夫-马里谢夫斯基似乎觉得，坐在这儿的不是三只狗和一个人，而是那四个木匠，他们高声嗥叫着，自己也不知道在叫些什么：

“呜——呜——呜——噢——噢——噢！……”

心里感到了无法理解的恐惧。马里谢夫斯基记起来了——西伯利亚人既不喜欢谈话，也不喜欢唱歌，因此他觉得更忧郁了。

“你是个会施催眠术的人。”他走近戈尔布林，这样说。

戈尔布林把耳朵朝他这边凑过来：

“听不见。”

科别列夫-马里谢夫斯基又重复了一遍：

“你是个会施催眠术的人。”

戈尔布林更加拖长了声音吼叫：

“呜——呜——呜——噢——噢——噢！……”

狗们瞪着发红的、玻璃似的眼睛，也跟着大叫：

“呜——呜——呜——噢——噢——噢！……”

库勃佳一挥手，把一桶水泼到火堆上。火焰滋滋地响着，冒起了一团白气——黄色的火堆当中仿佛降下了一片大雾。

马里谢夫斯基离开了火堆。

Ⅳ

谷仓造在厢房后面，从那儿起，伸展着一片树林和岩石。两旁是松林，后面——是灰色的、看样子好像潮湿的石头。

再过去，是山峦——如果攀到一棵松树上，就可以看到像洁白的巨齿般矗立着的、常年积雪的阿尔泰山山峰。厢房就在眼前，后边是修道院里的几座圆顶钟楼，圆顶活像梳光了的小孩儿脑袋——真是精美的建筑。

木匠们住在不久前才盖好的木头房子里，紧挨着厢房。每天晚上，钟声大震，回声像孜孜不倦的谈话，均匀地、惊心动魄地从群山中传送过来。

这时候木匠们都在玩牌，玩“二十一点”。

叶莫林监工的时候完全像另一个人，和在村里的时候大不相同。他变得更厉害了，显得很干练。

他迅速地走来走去，个子挺高，活像一棵松树，穿着件棕黄色的粗呢大衣，匆匆地翻动着纸一般薄的嘴唇，讨好地、然而严厉地催促说：

“你们快着点啊，哭丧鬼们！……”

大家都不想理他，只有别斯巴雷赫叫他惹火了：

“你躲远一点儿吧，特号的大瘤子！……”

叶莫林狠狠地朝建筑物扫视了一眼，不作声了。可是过不了一分钟，就像有什么毛病似的，又说：

“费点力气呀！……”

谷仓的墙角是把木材削成榫舌钉在一起的——木材都不出头，就像木板箱子一样。这样虽然节省木材，可是屋里比较寒冷。

库勃佳坚持，至少要让木材接合的地方犬牙交错——把两根木材尖端都削成斜的，一根压着一根，叠在一起。

“嗳，工匠们哪！”库勃佳叫喊着。

汗湿的脊背动作协调地同时弯下去。一声低沉的巨响，木头同时被砍成了合用的木材。

大斧像戏水的鱼儿，在太阳底下闪闪放光，播送出叮叮当当的颤音。发出树脂香味的淡黄色木片，跟小鸟儿似的飞向空中。

叶莫林在周围转来转去，脸上露出无法解释的微笑，在讲故事：

“细工木匠和粗工木匠，连上帝也诅咒他们；人们诅咒他们，是因为他们糟蹋了许多木材。”

别斯巴雷赫把白粉抹到“线”上[①]，回答说：

“要不是楔子和干苔[②]，木匠准得进棺材！……滚开，你这个坏蛋，别叫我砍死你！……”

七沙绳[③]长的桅材和三沙绳长的木材都倒在地上，黄色的树皮紧紧地靠拢在一起。

树皮上流出透明的树脂，木材散发着青苔气味。

叶莫林不喜欢工人抽烟：

“得快点干活儿。”

木匠们坐到木头上，抽着了烟，聊起天来。叶莫林在一旁走来走去，用一只眼盯着他们。后来，像只鹅似的偏着头望望天空。

“太阳老高了，伙计们。”

---

① 中国木匠打墨线，他们是打“粉线”。

② 房子的木材缝里塞上干苔，可以保暖。

③ 俄文，等于2.134米。

已经有流言传到了这儿——传到了乌拉列亚修道院里，就像羽毛被风吹了来一样——据说，到处人民都在造反，想要取得自己的、农民的政权。外来的庄稼人和运粮食来的女人们全这么说，连叶莫林也总是说：

“等盖好了房子，咱们去报名——打布尔什维克去！……”

索洛明内赫自言自语地低声说了句什么，他身子底下的木头也轰轰地响起来了。库勃佳突然问：

“你的婆娘肚子大了没有？……”

“你管她肚子大不大呢？”

“因为不久就要动员大肚子了，人不够哇。”

叶莫林摇了摇头：

“你真是个傻瓜，库勃佳，别看你人长得蛮大，全是胡扯乱拉。”

“真的！……这样的老百姓他们不敢要——光会造反。大肚子却正合适，刚一造反，马上就要小产。”

“还没把你们打够。”

“那要看各人的口味了……”

木匠们放下斧头，哈哈大笑起来。

“最好你还是躲开点，贪心不足的家伙，滚开吧！……”

叶莫林吹牛说：

“我上警察局里告密去，你们想要反对政府。”

木匠们哈哈大笑着说：

“只要你一去告密，马上砍掉你的鼻子。”

有一次，修道院的院长从树林里走了过来。叶莫林刚刚极其粗野地把别斯巴雷赫痛骂了一顿，一看见院长，他立刻弯下了腰，双手叠在一起[①]，上前去请求祝福。

院长扛着几根钓竿，右手里提着一小桶鱼。他把小桶放在地上，为叶莫林祝了福。

“工作怎么样啊？”

---

① 不是合掌，而是两手搭在一起，以便捧住他的手，吻他的手。

“没什么，谢天谢地，主持神父。”

别斯巴雷赫朝木头上砍了一斧子，小声唱道：

“主持神父，围着打谷场散步……”

神父想必是听见了，他动了动扛着的钓竿。今天钓鱼成绩不佳，他为此很不高兴，于是严厉地对叶莫林说：

“好孩子，你的木匠们全是极端堕落的人。”

叶莫林在心里骂了一句，表面上却局促不安地围着神父身边转，讨好地说：

“他们受的是这样的教育，您是知道的，主持神父。”

主持神父蓄一部乌黑、光滑的大胡子，宛如在颧骨上和下巴底下挂了一大块呢子。

库勃佳瞅瞅他的大胡子，心里想：“真是个寄生虫——既不干活儿，也不懂得开玩笑！”

主持神父突然把钓竿扔到地上，不知怎的一下子气黄了脸，挥挥宽大的袈裟袖子，对叶莫林高声呵斥说：

“住嘴！……别讲话，狗崽子！……嗯——？……”

叶莫林惊恐地退后几步，木匠们瞅瞅他那立刻矮了许多的身子，都哈哈大笑起来。神父转身面对着他们，跳到谷仓架子前面，啐了一口，高声嚷道：

“我诅咒，下流胚！……”

他也不拾起钓竿和小桶，立刻走了，远远看去，活像是一口钟。

叶莫林窘态毕露地皱起眉头，犹豫不决地拖长了声调说：

“看这个脾气。”

略停了一会儿，又加上了一句：

“缺德的家伙，是吧？……”

木匠们都放下斧头，哈哈大笑。

来取钓竿的是个年轻的修道士，身材又细又高，活像一根芦苇，戴一顶脱了毛的天鹅绒无檐儿帽，穿一件“鬼皮”[①]袈裟。

---

① 一种黑粗布。

“喂，你是个修道士吗?”戈尔布林大声对他说。

年轻的修道士怯生生地回答：

“我是有穿袈裟权的修道士……还没有剃发[1]……”

“你是怎么搞的，神父[2]把你的血都吸干了吗——唉，你瞧，脸白得跟麻布似的。”

“是要吸干的!”别斯巴雷赫随声附和说。

修道士脸红了。

木匠们都在取笑他，他拿起钓竿和小桶，长腿上拖着一双大靴子，蹒跚地走回去了。

叶莫林把主持神父痛骂了好久，后来又骂木匠们。库勃佳骂了他一句：“滚到魔鬼的姥姥家去吧”，包工头不作声了。对待城里的工人，他还可以更厉害些，这些家伙却会撒手就走的。

---

① 剃发是一种仪式，并不是剃光头发。

② 原文是“牛”，指神父。

据说，有讨伐队在阿尔泰山区里巡逻，镇压农民。

如今，不等“讨伐者”到来，有些来历不明的恐怖武装力量，往往抢先去袭击“布尔什维克”村庄，把有怨言的人们埋葬在大海和血泊之中。

然而讨伐者也并不单独露面。他们躲在树林里射击单身农民，打伤了以后，就用钉子在他肩膀上钉上肩章，丢到道路当中——吓唬别人，警戒别人。

在左西姆——养蜂场守护神萨甫瓦吉节[1]的前夕，库勃佳对别斯巴雷赫说：

“明天——完事大吉！”

“什么？”他没有听懂。

“不干活儿了。”

别斯巴雷赫想了一会儿，困惑不解地耸了耸肩：

“伙计，我不懂。”

---

① 本来是8月8日。但此处恐怕是在六七月里。

“左西姆——萨甫瓦吉……”

“怎么样呢？”

“乌列亚村的守护神节。”

别斯巴雷赫甚至跳起来了：

“真见鬼！我倒忘了。咱们去吧，嗯？”

库勃佳朝天上望了望。稀薄透明的白云像轻纱一样，遮蔽了天空。白云向下低垂，罩住了大森林。

“我爱打猎……咱们打猎去吧！”

“没有枪。”

“索洛明内赫带了一支单发枪来。”

“他不肯借给。”

“肯。他要去做客，明天一早儿就走，和戈尔布林一道——上乌列亚村，过守护神节去。”

别斯巴雷赫提了提裤子，很快地擤了擤鼻涕，就去借枪了。

第二天早晨天气晴和，稍微有点儿风。库勃佳和别斯巴雷赫在脸上和脖子上都戴上防蚊子的网罩，给枪里装上子弹，就下山往小河那边去了。

山水杨丛中没有一点儿风丝，蚊子尖声嗡嗡地唱个不停，要进网罩，狂咬起来。脚底下不时有腐朽的树枝折断，咔嚓咔嚓地直响，飘散着淤泥和香蒲的气味。

小河仿佛黑中透蓝，细沙却是黄的。

“叫太阳照的。”库勃佳说。

静静的河湾里密密地长了一圈芦苇，这儿有很多野禽。他们开枪了。库勃佳总是打飞着的，随后别斯巴雷赫脱掉裤子，溜下水去。牛蒡缠住了他的腿，他喷喷鼻子，对库勃佳叫道：

“叶戈尔卡！我要淹死了！”

库勃佳浑身是泥，沾了一身芦苇毛。他站在岸上，麻脸上神采焕发，回答说：

“没关系。修道院近得很——准叫他们给你做四十天功德好事。”

如果鸭子还没打死，别斯巴雷赫就咬断它的喉管，并且说：

“叫你的灵魂升天吧。”

他们已经离开修道院很远了。远处隐约现出常年积雪的阿尔泰山山峰，山上的溪流犹如蓝色的静脉。

“回去吧，”累得气喘吁吁的别斯巴雷赫说，“干吗要打这么多呢，想要吃坏肚子吗，啊……”

库勃佳从芦苇丛里爬过去，靴子踩在淤泥里，呱唧呱唧地直响，他总是不慌不忙地招呼说：

“再打一点儿吧，瓦尼沙，再稍微打一点儿……”

别斯巴雷赫啐了一口，坐到水里的一棵树桩上。

“我不去了。”他说。

库勃佳一个人走了。不一会儿，芦苇丛中砰地响了一枪。别斯巴雷赫本想过去，可是忍住了。“哼，叫他活见鬼去吧。”他想，“跟他在一起，就没有个完。”

“叶戈尔卡——卡！”……”

“嗯？……”

“上这儿来，该——死——的！……”

别斯巴雷赫没有回答。他想要抽烟，可是想起了脸上戴着面罩，于是骂了一声。他开始寻思，是不是该结婚了，或者是还嫌早呢？小伙子已经二十四岁了，可是还没有娶亲。

“是时候了。”他拿定了主意。

牧场上的草高得顶到胳肢窝，别斯巴雷赫坐在树桩上，打远处根本看不到他。他决定休息一下，于是一个人走了。别斯巴雷赫头靠着一棵树躺下，把鸭子放在头底下，枪放在脚底下，闭上了眼睛。

库勃佳叫醒了他。他站在他面前，拉着他的袖子，微笑着说：

“够了，睡够了，去过守护神节去吧。”

V

这场打猎，今天这个暖和天，还有腰部累得发酸，这一切都让库勃佳感到满意。他大踏步地打潮湿的白杨林边走过，吹着口哨，嬉笑着，不时回头望望无精打采跟在他后面的别斯巴雷赫。

别斯巴雷赫和往常一样，在太阳底下睡了觉以后，浑身是汗，嘴里发甜，觉着满不是味道。

“回家吧。”他说，一面把鸭子从这只手里换到那只手里。

“不成，应当遵守过节的风俗。要不，人家会笑话的。”

他们跟所有西伯利亚人一样，很少上教堂里去。可是过节的时候如果不喝得烂醉，却认为是罪过。

从一大清早，烟囱里就冒烟了，又浓又黑的烟斑斑点点地爬向天空。立刻就可以看得出来，是在烘薄饼和奶饼。男人们坐在大门口的长板凳上，一面抽烟，一面谈家常。

他们穿着崭新的、散发着染料味道的印花布衬衫——衬衫还没有一点儿皱褶，像棍子一样，直挺挺的，似乎他们穿的是桦树皮做的衣服。

小伙子们排着队，用手风琴伴奏着，在村里串来串去。

变了音的手风琴奏着不入调的曲子。他们东倒西歪地默默走着，大家的脸色都很严肃。简直不能相信，这都是一些醉汉，从老远就闻得到他们身上的家酿酒味。

一群姑娘们也排着队，像鸭雏跟着母鸭一样，跟在小伙子们后面，她们穿着鲜艳夺目的克什米尔羊毛外衣，高声唱着歌：

我沿着沼泽地带走啊，
招呀——招招手啊，——
我亲爱的黑眉毛的小伙子，
带我跟你一道走啊。

库勃佳和别斯巴雷赫把野鸭丢到小学教员的过堂门里。

本想把枪放下，可是别斯巴雷赫说：

“带着装装门面吧。别看咱们裤子破，可是有枪。”

他们洗过了脸，把枪挎在肩膀上。别斯巴雷赫不知为什么换了双靴子，然后一同走到街上，跟小伙子们问了个好，也加入队伍，和着手风琴的节拍，朝前走去。

手风琴手走在队伍当中，把嘴唇卷到嘴里，看他拿手风琴的姿势和拉琴的神气，真像是才学会了拉琴，头一次试验似的。琴键上的洋铁片和琴上的小圆铃铛，被太阳照得闪闪发光。

嫩草在人们脚下弯下了腰，村舍前小庭院里飘出一阵阵稠李的芳香，配合着“卡马林”①的节拍，小教堂里匆匆响起了连续不断的钟声：

“图——流——流——里——包——奥姆！……包姆！……百姆——姆……”

等他们这样默默地、扬扬自得地穿过了两条街道以后，手风琴手提议说：

“上安托什卡家去吧?”

队伍里一个鸟叫似的尖声应声说：

“去吧。”

---

① 俄罗斯民歌。

小伙子们转身往安托什卡·谢列兹尼约夫家走去。

安东·谢列兹尼约夫是个高大严肃的庄稼人，五十来岁，正站在大门口上迎接他们。他穿一件蓝上衣，裤腿束在漆皮靴子里。他那部淡黄色的大胡子又宽又密，从两边朝后拢着的头发梳得光溜溜的，他那么扬扬得意地抖了抖胡子和头发，逗得大伙儿全都亲切地微笑了。

他算是村里最有名的人，大家总是选他当教会长老，因此今天他要款待大家。

谢列兹尼约夫把小伙子们领到台阶前，他先走进过堂门，拿什么木头家伙敲了敲，然后说：

“请进吧。”

小伙子们一个跟一个地走了进去，每人喝一碗家酿酒，拿一个雪球花果馅的馅饼——谁对这些已经满意了，就上大门外头去。

库勃佳一连喝了两碗酒，走到台阶上，坐下，咬了一口馅饼。一只独眼红公鸡来到了他的跟前。

库勃佳扔给它一块馅饼皮，公鸡轻蔑地瞅了瞅，悄悄地走开了。别斯巴雷赫微微一笑。

“它不吃，”他说，“还有脾气呢。”

谢列兹尼约夫端着个粗碗走了出来，问道：

“小伙子们，还想喝吗？”

别斯巴雷赫耸耸肩：

“停会儿再喝。安东·谢苗内奇，你的公鸡为什么不吃面包呢？”

“它知道时间。它只是早晨和晚上吃东西。一天吃两次——再没有旁的了。”

“忍得住吗？”

“并不抱怨。”

“俄罗斯可真有意思！”别斯巴雷赫高声惊叹说，“你的酒真够劲。羼烟叶了吗，还是怎么的呢？”

“什么也没羼。”谢列兹尼约夫说，说着干练地朝院子里打量了一下。“你怎么了，头痛吗？”

“不是痛，是晕。”

库勃佳说：

“那是因为走了很多路。”

“打猎去了吗？”谢列兹尼约夫懒洋洋地问。

“打猎去了。”

“是有——这种事啊。”谢列兹尼约夫拖长了声调说，然后沉默了。

他们默默不语，看那样子，仿佛是在进行一场冗长而重要的谈话。谢列兹尼约夫喝干了酒，把残余的泼到了地上。

“我喝呀，喝呀，”他说，“可就是喝不醉，甚至都冒火了。”

别斯巴雷赫给他出主意说：

“那么你空着肚子喝。”

“这真是想叫麋鹿发疟子[①]，哈——哈！……”库勃佳与

① 据说麋鹿非常健壮，从来不得疟疾。此处意思是想叫谢列兹尼约夫喝醉，是不可能的。

其说是嘲笑别斯巴雷赫，倒不如说是嘲笑他自己——他的头脑里渐渐模糊起来，仿佛慢慢地、愉快地充满了雾气。

谢列兹尼约夫走到台阶上，卷了支烟。

“是来做工吗？”他有点儿嘲笑地问。

“做工。”

“这——样……莫非家里没处待？地都干了吗？”

别斯巴雷赫用拳头捶捶自己的胸膛：

“因为我们是流浪汉！……明白了吗，安东·谢苗内奇？”

“那么打猎去好了，干吗来给别人当奴隶呢？我不明白你们。给别人在泥泞上垫路吗？……会有什么好处呢？……”

库勃佳用醉醺醺的眼睛凝神逼视着谢列兹尼约夫，挽住了他的胳膊。

“你呀，朋友，你别调皮。你自己知道，我们是为了什么才出来做工的。因为——为：苦闷——闷！……我告诉你吧，我跟德国人打过仗，在波兰待过，在德国待过——还有他，还有他——大家！……”

库勃佳指指别斯巴雷赫，又指指大门旁边的另一个人：

“我们一看，嗬——，那儿的人哪……我跟你说，看人家过的日子和干的活儿吧。又清洁，又干爽，到处都是机器。他们还发明了那么一种杀人的机器——水里也有，天上也有，就不用说旁的了。”

“别胡说了吧……”

“你倒胡说点更好的让咱听听。人家尽力干了活儿，以后就该歇着了。”

“你却过得不好吗？”

“不好？！”库勃佳气呼呼地说，“我们不满意，懂了吗？我们想叫大家都过一样的日子，可不是去舔猪尾巴。还说是，喏，给你拿去，当奶头吃吧。这种日子，我们受不了了！……”

“不是一下子什么都能办得到的。要快的话，你知道吗，猫儿交尾，那才快呢……”

“废话！人太懒了，都是懒汉，废物！光知道躺在炕上，和别人吵架。不，你去干点吃力的重活儿，累得你两眼泪汪汪——那时候你就知道，毛病出在哪儿了。”

“那你就教教我吧。”

库勃佳跳下台阶，摇晃了一下，大笑起来：

“我自己也是在走黑路呢。”

“要蜡烛吗？”

“不是你那个教堂里的吧？”

谢列兹尼约夫伸手从下往上、倒着捋了捋胡子，眼里露出得意的微笑：

“蜡烛全一样，只要能照亮就行。你寻思——要用这样的，我——却用另一个样的，可是咱们都会走到一个地方去的。”

“是一个地方吗，安东·谢苗内奇？”

库勃佳挽住别斯巴雷赫的胳膊，走开了。

“再坐会儿吧。”谢列兹尼约夫说。

“还是走走好，透透风去。要不，小伙子可要发霉了。”库勃佳说。

谢列兹尼约夫高声叹了口气，然后回到屋里。

邻村的客人们正坐在那儿喝家酿酒：一个榨油师傅——是个胖胖的男人，秃头顶，活像一个瓦罐；一个磨坊主，像所有的磨坊主一样，是个很爱谈经说道的家伙，同时又很喜欢追求女人，他带着自己的女儿；还有一个神父和一个教堂副执事。

谢列兹尼约夫的老婆，一个宽脸盘、高个子的女人，给客人们斟上家酿酒，摇摆着勒得过紧的肚子，说：

“请吧，别客气，请吧……”

屋里相当热。空气里弥漫着腐烂的粮食味——这是酒味，还有面包味，天竺葵的香气和烟草味。

磨坊主尖着嗓子大叫，好像有六盘磨同时在屋里转动似的，他正跟神父和副执事争论用两个手指画十字的问题。

神父想要睡觉，可是又不便走开，他一把推开了磨坊主：

“你走开吧，别惹我发火，走开吧！……”

“我可以向你证明！”磨坊主高声大嚷，“我可以引证神学上的话，引证教义问答上的话，引证一切，一切，所有的书！……你信服了吧？……”

教堂里唱圣歌的僧侣碰碰磨坊主的肩膀：

“为什么你翻来覆去老是这一套呢？你给引证点儿事实吧，大喊大叫，这个连傻瓜也会，啊！……”

榨油师傅是跟他们三个人争论，他既不听他们的话，也不听自己的话，只是一个劲儿地嘟囔着：

“神父！别看你的嘴脸和眉毛都像个先知，我却不愿意听你的，因为我的灵魂想要听我自己的话。每个人心里都有他自己的夜莺……你却跟我谈什么圣经！……”

他举起双手，用低声叫道：

“祝福我吧，主哇——！……”

唱圣歌的离开神父，跳到一边，讨好地朝安东望了一眼：

“人们过得真不错呀。”

安东觉得浑身疲倦不堪。

早祷和弥撒都做了很长时间，加以他必须站在大家前面，觉着大家的眼光都瞅着他，鞠躬和画十字都要特别虔诚，从容不迫。长工不知躲到哪儿去了，必须亲自去饮马，给它们喂草。

他觉得气忿，可是看在过节的份上，又不愿意冒火。

谢列兹尼约夫按住唱圣歌者的肩膀，让他坐在自己身边，说：

“好吧，你谈谈吧，尼基塔·彼得罗维奇。”

唱圣歌的抬起憔悴的脸，朝四下里望了望，说：

“您很精明啊，安东·谢苗内奇。”

“不这样不成。”

“在我们那儿，在俄罗斯，可不是这样。”

安东瞅了瞅他，有什么念头使他的眼光活泼起来了：

“我知道，在那儿待过。”

唱圣歌的咬紧牙齿，长叹一声，仿佛是想把灵魂吐出来似的。

“我也想安家立业啊。”

“一个人没有家业，就像是一阵风。”

“那么以后怎么着呢，啊？”

“什么？”

“生活啊？”

唱圣歌的狡猾地凝望着这个体格魁伟，蓄着一部大黑胡子的人，心里想：“真是个出色的人物，可也是个老滑头。”

安东疲倦地说：

“谁要是愿意的话，谁就能安排好自己的生活。”

“那么上帝呢？”

“到晚上才用得着上帝，白天没空去想它。”

这时候，婆娘走到了安东跟前，说：

“当家的，那里有人打听你。”

“谁？”

“准是警察吧，带着枪，坐双套马车来的，在大门外头。”

谢列兹尼约夫望了望她那吓白了的脸，用不满意的声调说：

“可把你吓坏了。”

于是，靴子吱嘎吱嘎地响着，迈着小步朝警察那儿走去。

他们是两个人。坐在柳条车厢的马车上，正在谈话。浅栗色的马疲倦地甩着尾巴，赶开嘤嘤飞舞的苍蝇。

赶车的——是个年轻的小孩子——正在望着车轮旁边的什么东西。

谢列兹尼约夫寻思，警察准是想顺便进来喝两杯，他决定好好地款待款待他们。

“请到院子里去吧。”他说。

警察瞅了瞅他。其中一个是城里派头——刮光了脸，嘴唇上和下巴底下都没留胡子。另一个还很年轻，鬈曲的额发朝上梳着，翘在帽子外边。

年纪较大的警察说：

“你是安东·谢苗内奇·谢列兹尼约夫吗？”

他说这话的语气，像是在法庭上问话，这一点安东很不喜欢。他说：

“就是我。”

两个警察互相使了个眼色，从右边爬下马车，压得车厢也朝右边歪过来了。

人们——小伙子们和姑娘们——聚集到马车跟前来了。

年长的警察朝四下里看了看，看到库勃佳和别斯巴雷赫背着枪。

“有许可证吗?”他还是那么严厉地问。

“多得很。”库勃佳快活地回答。

那个警察摸摸挎在腰带上的手枪套。大概，他很喜欢讲这种冷冰冰的、枯燥简短的话。他说：

“以后会弄清楚的，你们别走开。”

“好吧，”别斯巴雷赫说，“我们本来就是这儿的人。”

“闲人都散开，想当证人吗？村长在哪儿呢?”

村长走了出来，是个睡眼惺忪的庄稼人，穿一件薄绵缎衬衫，没系腰带。

“我是村长。”他说，声音好像女人的声音。

警察不高兴地说：

“还得叫人等着你，这就要进行搜查了。据说，你们在造私酒，是吗?”

“谁知道他们呢！”村长漠然地回答。

两个警察都是城里人，面对着这些须发蓬乱的醉汉，面对着这些细得像一道线似的眼睛——天知道那里面隐藏着什么念头——一开始他们都有点胆怯了。

后来，看到农民们在他们的英国式军大衣、雕着小狮子的纽扣和淡青色的法国绑腿前面匆匆让开了路，他们都觉得开心了。可是一想到自己曾经胆怯，又都生起气来。

那些年轻的警察还没有背惯了枪，经常在整理背带，他一走进院子，就大叫道：

“这儿在酗酒呢！……”

他的喊声好像诉苦，他立刻沉默了。

酿酒的器具——两个粗大的瓦罐，装着一排铜管，还有一个白铁冷却器——放在凉棚底下的大车上，车上盖着薄毡。

那儿还摆着一小桶没喝完的家酿酒。警察从口袋里掏出了纸和墨水瓶，动手写起报告来。

人群中有人相互交谈：

“瞧哇，想叫咱喝官家的酒呢！”

“说是把他们的生意抢走了！……”

“你可别这么说。”

年轻的警察噘着嘴，皱着眉头。

“瞧你，恼了！”

“他不喝酒。”

写好了报告以后，那个警察拿枪捣碎了瓦罐，拿刺刀戳穿了冷却器，折断了铜管。

农民们一声不响。

警察把那桶酒翻倒在地上。酒流成了一个小水洼，黑乎乎的酒桶盖闪闪发光，酒被吸收到地里去了。

散发出一股热面包的气味。

“这真是作孽。”人群中有谁大嚷。

那个警察既可惜那些酒，又可惜他自己——因为他竟做出了这样的坏事，他勃然大怒：

“住嘴，土包子！”

那个比较年轻的警察抓住了枪：

“把你们全都逮捕起来。”

人们更加急促地喘着气，把两个警察紧紧包围起来。他们觉着挤得很，年长的警察开始粗野地破口大骂，另一个却惊恐地望着那些醉醺醺的、匆匆眏着眼的脸。

农民们仍然紧紧地围上来。

不知是谁的硬邦邦的手和胳膊肘顶住了警察们的胸膛和腰部。四周散发着酒臭，还有什么旁的臭气——似乎是草棚里芦苇的味道。

停在大门旁边的马车在咔嚓咔嚓地响。

年长的警察想要走出去——人们不放他过去。周围是无数眼睛和人们暖烘烘的呼吸。

那个比较年轻的警察尖叫了一声，声音似乎有点儿嘶哑。他的同伴突然像流刑犯人那样，滔滔不绝地骂起街来。

人群中有谁——是个不安静的小个子——跳起来对准他的牙齿揍了一拳。

警察大喊一声，拔出手枪，对着人群连放了三枪。

大家惊叫了一声。

人群让开了路。

那两个警察弯下腰往大门口跑去。

他俩都汗流满面，萎靡无力地皱着双眉，脸色白中透黑，活像是熟石灰。

他们跳上了马车。赶车的孩子吆喝了一声。

别斯巴雷赫挥了挥胳膊：

“嗳——嗨——嗨！……”

于是从肩膀上摘下双筒枪，朝他们背后开了一枪。

警察当中有一个头一歪，一下子栽倒在马车上。坐在前面的车夫惊恐地、羊一般地尖叫起来。

库勃佳摘下单发枪，也朝空中放了一枪。

马车躲进了一条小巷里。

农民们从院子里走出来，全都预感到大难就要临头了。

别斯巴雷赫两腿麻木了，他望了望库勃佳，觉得库勃佳好像很满意。

别斯巴雷赫的耳朵里嗡嗡地直响，他急忙转回修道院去。

库勃佳在桥上赶上了他，配合着鞋底叩击桥板的响声，他断断续续地说：

“打了一场猎！……”

晚上，戈尔布林和索洛明内赫听别斯巴雷赫讲他们怎样赶走了警察的故事。他一面讲，一面气喘吁吁地在屋里跑来跑去。

戈尔布林狂喜地拍着手，随声附和说：

“对他们……就得这样……这样……”

简直无法了解，这个懒洋洋的、整天昏昏沉沉的人，怎么会这样兴奋起来的。

索洛明内赫像吉尔吉斯人那样盘腿坐着，在油灯光下，远远看去活像一尊小神像。

库勃佳在睡觉。

修道院里有人拖长了声调唱歌。

山里雪松飒飒地响，远处传来了隆隆的轰鸣，这想必是“雪山哭泣”，冰河崩陷。黑夜眯缝着微微发绿的猫儿眼，正朝窗子里窥探。

故事快讲完的时候，过堂门里传来了敲门声。有谁在门边摸索了好久，别斯巴雷赫不作声了。叶莫林走了进来，惊恐地说：

“要出庭受审了，坏蛋！库勃佳，库勃佳呢？”

别斯巴雷赫说：

“在睡觉。”

叶莫林跳到门边。从暗处传来了他的声音，这声音很特别，和往常大不相同。

“在睡觉！……打死了人，还在睡觉。真是些流刑犯，呃！主哇，怎么叫我跟他们搞到一块的呢！如今也要把我赶出修道院了。可是他，还在死睡。怎么，叫醒他吗，叶戈尔沙！……”

索洛明内赫问：

“当真打死了吗？”

“一枪毙命。就这样，我的老弟，铁砂子全都打进脖子里去了。”

“是铁砂子打死的吗？”

“鬼迷了他的心窍了！”

叶莫林跑过来，踢了踢库勃佳：

“你起来吧，该死的鬼东西……”

“如今要办罪了。”索洛明内赫说。别斯巴雷赫觉得，他说这话好像是挺高兴的样子。“不是绞死，就是枪毙。”

“两个人吗？”

“也许四个人一起……”

“我们可为了什么呢？”

“他们才不管这些呢。”

叶莫林扯扯库勃佳，骂道：

“起来吧，充军的胚子，该死的东西。我在正经公道地叫你，有人找你呐。”

库勃佳的头直晕，他坐在炉边的隔板上，打了个哈欠——咂了咂嘴。

“工头，你要干什么呀？”他声音嘶哑地问。

“有人找你。”

“谁呀？”

叶莫林走到门边，对着黑影里喊道：

“请到这儿来吧，安东·谢苗内奇！”

谢列兹尼约夫画了个十字，问了声好。库勃佳拿起勺子，咕嘟咕嘟地喝了个痛快。

“哈，小伙子，好酒！”他很高兴地说，“你有什么事啊，怎么在夜里跑来了呢，安东大叔？”

叶莫林说：

“瞧啊，你眼上长楔子了，还在问呢！打死人了——还一点儿事也没有！”

“人都免不了一死。”库勃佳说，一面坐到长凳子上。

“哼，我可要走了，”叶莫林匆匆忙忙地说：“我犯不上也跟着牵连在里头。你们自己想办法吧，不过，随便你们怎么着，反正是要绞死你们。”

“是要绞死的。”索洛明内赫很冷淡地重复说。

大家都默默不语，正跟情势所要求的一样。库勃佳问：

“把茶炊生上吧，啊？”

“用不着，”谢列兹尼约夫说，“我稍坐一会儿就走。我是来告诉你们一声——你们应当收拾收拾。”

库勃佳把一条腿搭到另一条腿上，望了望天花板。

“我们用不着收拾多久。上哪儿去呢？”

“上切尔尼[①]。”

别斯巴雷赫又问了一句：

“上大森林去吗？”

谢列兹尼约夫没有回答，稍停了一会儿，又补充说：

---

① 西伯利亚土话：无法通行的大森林。

“随便你想怎么着吧，我反正一样。只是你们应当离开。高尔察克的队伍准会枪毙你们的。我去备马，预备包袱——大概，明天傍晚他们就要来了。”

“是要来了。”索洛明内赫说。

“上大森林去，是唯一的出路。对这个政权，我们不能长期忍受下去。我们的政权是苏维埃政权，农民的政权……”

别斯巴雷赫问：

“你想，会让你造私酒吗？”

谢列兹尼约夫又是什么也没回答，他问：

“你们认为怎么样呢？”

大家都认为，是的，应当上大森林去。

谢列兹尼约夫向门口走去，看他走路的样子，好像是出去饮马——不慌不忙的。他的脊背很阔，像马的脊背一样，当中有一道明显的沟。

库勃佳满怀着敬意瞅了瞅他，等他出去以后，说道：

“好样的，真棒。可是，他心里也有个鬼。”

Ⅵ

身材矮壮、面颊红润的波波夫大尉，是尼路夫斯克县城的首长，他感到衷心不满意自己。别的县里似乎都没有什么，可是这儿——也不知道是暴动呢，也不知道是胡闹。

“蠢货！真像个老娘儿们！”他自己骂自己，然后命令勤务兵去叫维斯涅夫斯基准尉。

他回到桌边，发觉有一只脚很不得劲，老是朝一边歪。他抬起脚来，踏在椅子上。

后跟歪了。波波夫摸了摸靴子。维斯涅夫斯基准尉一进来，正碰上大尉这样站着。大尉对他连看也不看，就说：

“您瞧，据说我们捞了很多钱。可是，却没有钱买靴子。”

准尉自以为是个很有礼貌的人，他立刻想出了最得体的回答办法，于是当啷一声碰了碰踢马刺，鞠了个躬。

“您听说了吗?”大尉用手指指着桌子上的文件问,“乌列亚村里打死了一个警察。”

准尉耸了耸倾斜的肩膀,心里想:“少派他们下去几次不好吗?”嘴里却说:

“是些醉汉。我想那不会是布尔什维克。”

“不该这么想,”大尉冷淡地说,“报纸上出现了‘内部战线’的战报。您认为这也不是布尔什维克吗?唉——!……对生活里的问题,您还看得不够深刻。”

准尉觉得受了委屈。

“打您那一部分里带四十个人去,把他们就地在乌列亚村镇压下去。请您注意:这并不是去镇压醉汉。”

“有书面命令吗?”准尉问。

“有。就要写。”

大尉哭丧着脸,大声叹了口气:

“唉,天哪!这是到了什么年月了,你就不知道该怎样去对付这些人民。能把人累得筋疲力尽的……您抽烟吗?”

准尉抽着了烟，他很满意这件差事，心里想：“他并不是个恶人。”

第二天吃午饭的时候，一队波兰枪骑兵由维斯涅夫斯基准尉率领着，出发去镇压农民了。

这些枪骑兵是从驻守巴尔纳乌尔的波兰军团里调来的。

他们对这儿的土地、高山和他们要去镇压的农民，都很熟悉。他们当中大部分人从前都帮农民们干过活，那还是在沙皇统治时期——干过一年，或是两年。

有些枪骑兵路过熟悉的村庄，还和农民们寒暄。

农民们默默地惊奇地注视着他们的红裤子和白线绣花的蓝短上衣。

可是他们离开城市越远，越深入到田野里和森林里去，他们的性情也就越来越发生了显著的变化。他们高声呐喊着在村子里疾驰，偶尔还朝空中放放枪。有时他们似乎觉得，他们是到了一个不知名的、被征服的国度里——农民们的脸色都是那么惊恐，当他们走近了的时候，一切都木然不动了。

他们离开城市越来越远，枪骑兵们和维斯涅夫斯基准尉都似乎有这么一种感觉，就像大热天里一个疲乏不堪、汗流浃背的人，脱下衣服跳到水里去似的。几乎在半生当中，由城市强加在他们身上的那些束缚——礼节、慎重，还有许许多多旁的迫使他们随时警惕着的东西——全被丢在脑后，丢在县城里那些低矮的小房子里了。

无边无际的乡村中的田野，森林，窄长的、野草丛生的车辙，以及随意支配生活的可能性，把这一切束缚全部磨成了细粉，扬到空中，使它们随风飞散了。

这些人在家里都是善良的好人，他们几乎每个人都有孩子和老婆，只有维斯涅夫斯基准尉是个单身汉。

准尉骑着一匹灰马，走在队伍前面，像饺子似的小军帽檐儿朝上卷着。他喜洋洋地深深呼吸着，把自己想象为一个年老的、古代的老爷。

那匹马也觉得很高兴，它的头是细长的，腰身短而健壮，臀部又长又肥，身上潮乎乎的肉瘤不时轻轻颤动着，走得又轻快又安详。

起初，枪骑兵们仅限于朝空中放放枪，抓鸡来烧晚饭吃。可是后来这些都使他们觉得厌烦了，于是他们开始去搜捕布尔什维克。他们把村长叫到地里，问他：

“有谁同情布尔什维克?”

他们问的并不是他们停留的那个村里的人，而是问邻村里的。村长指出一些人来——于是枪骑兵们策马跑到那儿，把他们逮捕起来，鞭打一顿。

被捕的农民再供出旁人，这样一来，枪骑兵们经过一个村庄又一个村庄，就有可能在身后留下很多许久不能磨灭的痕迹。

在离乌列亚村不远的地方，他们抓到了一个真正的布尔什维克—— 一个铁匠，从前在城里当过赤卫军，政变以后就逃到乡里来了。

铁匠个子不高，两臂很长。

他们把铁匠带到村子的围墙旁边，在看守人的小木屋附近把他枪毙了。

就在这个村子里，晚上枪骑兵们不知到什么地方去耽搁了好久，回来的时候，都意味深长地互相望望，哈哈大笑起来。然而，和在各处一样，没有一个人抱怨的。

直到天色很晚，准尉才从他们的谈话里弄明白，他们是强奸姑娘们去了。他听到这件事觉得不大愉快，可是同时又相当高兴。

之所以不愉快，是因为城里的人都不赞成强奸妇女。为了这个，是会受到相当严厉的责罚的。所以高兴，是因为准尉老早就想在这里，在这辽阔的田野里，拥抱一个身上发出谷物芳香的普通农村姑娘了，如果她自己不肯，那么就用强力。

准尉好像觉得，所有瞧不起强奸行为的人，都是对自己和对大家说谎。

第二天，他们来到了乌列亚村——这是从这儿打死了警察、整整过了一个星期以后的事。

那些昏暗的村舍依然如故，污秽的窗玻璃也照旧闪射着虹霓般的光彩，街道窄狭，有如西伯利亚衬衫的袖口，昏暗而且阴凉。

山上面，修道院淹没在一片林海中，仿佛是一张裹在皮衣领里的姑娘的脸。羊蹄笃笃地叩击着桥板，空中飘荡着稠李的芳香和小河里的水味。

农民都在田里做活。维斯涅夫斯基严厉地命令村长，傍晚一定要把他们召集起来，他自己却躺在凉棚底下的大车上，睡着了。

枪骑兵们宰了村长的一只羊，就在院子当中烧起羊肉来。

火堆上飞出了火星，村长害怕失火，可是殷勤地微笑着，迈着小步在枪骑兵们周围转来转去。

一只公鸡扇动双翼，很费劲地跳上了高大的围墙，喔喔高啼。

枪骑兵当中有一个瞄准它开了一枪。公鸡像只熟透了的果子，笨重地落到了地上。那时村长殷勤地微微一笑，说：

“嘿，你瞧哇，打死了。”

那个枪骑兵望了望故意装假的小老头儿，真想对准他那像桌面一样平滑的胸膛开一枪。他把枪放到了一边。

傍晚，农民们集合起来了。

准尉从当中挑了十个相貌最可怕的，命令把他们拘禁在屋里，派人站上了岗。

枪骑兵们把其余的人鞭打了一顿，然后放走了。

准尉问村长说：

“凶手都躲起来了吗？”

“正是。”村长急忙回答。

“你不知道他们躲在哪里吗？”

“我怎么能知道呢。”

准尉赶走了村长，命令叫小学教员来。

“请坐！”准尉对科别列夫-马里谢夫斯基说，“很高兴能和一位有教养的人认识！”

准尉不喜欢乡村教师。照他看来，他们和农民们的区别，只不过是没留胡子罢了。因此，他也不喜欢这个又虚弱又羞涩的人。

准尉拿出满洲里的香烟，请科别列夫-马里谢夫斯基抽烟，然后问：

“在这个偏僻的地方，您怎么能生活呢？”

“习惯了。”

科别列夫-马里谢夫斯基觉得自己态度忸怩，因此非常羞愧。“都变成野人了！”他想，于是深深地吸了一口烟，可是呛住了，不过强忍住没有咳嗽出来。

“是吗，”准尉不相信地说，“我不能相信，对这种地方也能够习惯！大概，您还有旁的原因吧。”

科别列夫想，也许准尉是疑心他相信布尔什维主义，于是急忙回答说：

“妈妈和小兄弟们都靠我养活。您是知道的，城里生活困难哪。现在都想上乡里来。”

“不错，城里生活是不容易。当然。”

准尉想了想。看还该谈点什么，然后问：

“农民们不欺侮你吗？”

“这可叫我怎么说呢……并不怎么样……自然啦，这种地方，这儿的人，您自己也知道的。”

“你们这儿的人全是流氓，还有无赖。”

准尉扬起了眉毛。

“这儿还要流很多血的。”

“是很多。”小学教员急忙附和说。

“那时候您没在场吗……在他们闹事的时候？”

“不，没在场。”

“谁是凶手，您知道吗？”

教员想，没有什么好隐瞒的，大概农民们已经说出来了——他说出了木匠们和谢列兹尼约夫。

准尉又问了点旁的，然后问他姓什么。

“科别列夫-马里谢夫斯基。”教员说。

“这个姓真怪！”准尉惊奇地说。

于是，教员开始对他叙说这个姓是怎么来的。和往常一样，说到末了，他自己大受感动。他好像觉得，也感动了准尉。维斯涅夫斯基深表同情地和他握了握手，拖长了声调说：

“是啊，一个有教养的人住在这儿是无法忍受的。”

教员把农民们痛骂了一顿，想起了木匠们——又把木匠们大骂了一顿。他一面向准尉伸过手去，一面说：

“您瞧，他们五个人，还要反对政府。如今像夜猫子似的，都跑上斯莫尔山去了，还以为能逃得了呢。”

“上哪儿去了？”准尉问，他顿时活跃起来。

教员突然明白，他说错话了。

“请原谅我。”他说，霎时间脸色变得雪白。

准尉满腹心事地在屋里转了一圈，走到教员跟前，搂住了他的腰。

“没关系，”他说，“您说漏了嘴了——这没关系。我不会出卖您，我懂的。不然的话，您怎么能和农民们住在一起呢？这样很好。”

教员从村长家里走出来，惊恐地、困窘地自问：

“真是个傻瓜！……真是个傻瓜！……你这是怎么了，啊，怎么办呢？”

许多叫人心惊胆寒的、模模糊糊的想法，在他脑子里翻腾起来。

稍过了一会儿，准尉把村长叫了来，严厉地对他说：

“明天你领我到斯莫尔山去。离这儿远吗？当心，可别撒谎，我有地图。”

村长很为难地说：

“十……俄里……”

准尉的心似乎都停止跳动了，他想：“来得及……跑不掉的……”

嘴里却傲慢地说：

“我暂时逮捕你，明白了吗？坐在这儿，不许动。”

村长坐下来，把手伸到怀里搔了搔，自言自语地喃喃说了句什么，心里想：“倒把我押起来了，小伙子。”

准尉拭净了左臂上蒙上一层尘土的国徽袖章①，命令勤务兵说：

---

① 从原稿没有找到解释的内容

“准备晚饭！”

当准尉率领枪骑兵上斯莫尔山去逮捕造反的农民的那天，这5个避难的人——四个木匠和乌列亚村的安东·谢列兹尼约夫——也正到斯莫尔山上去过夜，只是他们和枪骑兵们走的不是一条路。不是走黄金湖那边的路，而是从东边上去，打白杨林里穿过去的。

太阳上升的时候，天气仍然闷热。

“准要下雨。”谢列兹尼约夫说。

他们一个跟着一个，鱼贯而行。草高得顶到脖子，脚时常粘在肥沃、潮湿的土壤上。

窄叶的羊齿和淡绿色的土当归[1]飘送着淡淡的清香，脚边野荨麻弯弯曲曲，盘成一圈一圈的。

许多树皮发黑，由于年深日久而腐朽了的白杨，被风拦腰吹折，树梢倒扎在深草里，只好像通过大门一样，从底下钻过去。

---

① 从原稿没有找到解释的内容

库勃佳走不惯大森林里的路，大骂道：

“这儿连蜜蜂都飞不过去，就不用说人了。人已经来到了乌列亚村。我跟大家说过，走，到山上去吧。他们不愿意来。唉，如今可要蹲监狱了。”

“蹲监狱倒还好呢，”在后面走的别斯巴雷赫说，“说不定就要枪毙!”

谢列兹尼约夫飞快地一挥手，捉住了一只牛虻。

“牛蝇这么瘦，”他端详着牛虻说，“今年冬天准暖和。”

别斯巴雷赫惋惜地高声慨叹说：

“唉！你真该种地去呀，伙计！种地够多好呢，你却想打仗!”

库勃佳轻蔑地皱起了眉头：

“别斯巴雷赫，别说傻话了。”

谢列兹尼约夫从一棵缠着忽布草的折断的杨树底下钻过去。断树咔嚓咔嚓地响了一阵儿，腾起了一片褐色的灰尘。谢列兹尼约夫摘下带面罩的帽子，摇了摇头：

“瞧，森林里的怪物，浑身都弄脏了！小伙子们，你们留神看着脚底下点，这儿有不少无底深坑，谁要是动作不灵活，踩上准得送命!”

“挨枪子的!”

他们疲乏不堪，汗流浃背，浑身沾满了杨树上的绒毛，把胡子也染白了，弄得他们都好像变成了老头子。他们来到了一块平地上，打这儿起，上山的路比较容易走了。

枞树、杉树，还有去年山火烧剩下的焦黑的树桩。山火烧得特别厉害的地方，长着白杨和白桦，可是都还幼小，显得生趣盎然。

一只红野鸭呷呷叫着从小白桦林上空飞过去了。

“是往有水的地方飞呢。”索洛明内赫目送着它说。

一路上戈尔布林总是觉得，他们是在顺着麋鹿的足迹走，现在他伸直了腰，窄细的眼睛蒙蒙眬眬地发出了光彩。

“快到了吗?”他问。

别斯巴雷赫大笑起来：

“把一湖水都给他一个人喝了吧！……”

"你别哼哼唧唧的，小家伙！"戈尔布林说，他见怪了。疲倦的时候，他常常生别人的气。

库勃佳严厉地瞅了瞅他们，说：

"伙计们，这可不是盖房子，这是安排自己的生活。大家都该互相好眼看待，没有什么好唠叨的。"

越往上去越难走了……

雪松和暗绿色的冷杉林中，时而会碰到盖着黄沙的空地，上面还有小圆石子和岩屑。岩石上盖覆着青苔和地衣，显得灰溜溜的。

风在岩屑上飞舞。

谢列兹尼约夫摘下了帽子。

"浑身都出汗了，跟马在干活似的。"他说，说着把衣袖紧按在脸上，擦干了汗。

旋风一个跟着一个在岩屑上盘旋，吹得针叶团团乱转。

谢列兹尼约夫幸福地微微一笑：

"又是下雨的预兆。我说，小伙子们，今年准有好收成……"

他弹了一下舌头，库勃佳心里模模糊糊地觉出了他那迟钝的农民的喜悦。库勃佳很不喜欢这个，他用疲倦的声音问：

“歇一会儿好吗？”

“可以歇一会儿。那儿，雪松那边有一块豁亮地方。走吧。”

他转到左边。他们从一排树干黄得像蜡似的松树旁边经过，来到了一块不大的石头空地上。

库勃佳把背包和枪都丢到地上，高声大喊：

“呜——呜呜！……”

……呜——呜——呜——噢！……远处传来了回声。

“真是个好地方，”库勃佳说，“连眼都照花了！”

他稍微弯下了腰，好像要跳下去的样子，朝远处眺望。这时，谢列兹尼约夫不知到哪儿打水去了，戈尔布林却生着了篝火。

下面，远方有一脉流水紧夹在两山之间，那就是黄金湖。湖色蔚蓝，湖波中荡漾着淡黄色的闪光，宛如一条丢在山间的、发亮的长腰带。

枝叶蓬乱的冷杉和雪松，仿佛给湖镶上了一道花边。湖那边，常年积雪的阿尔泰山山峰有如许多晶莹的巨齿，凭靠着苍白色的高空。

周围——是森林、水和岩石。

库勃佳卧在地上，向下眺望。有一瞬间，他好像觉得自己是和这块石头长在一起的。他的心里猛然激荡起来。

空地陡然跌落下去，形成了一座一百五十沙绳高的断崖，山崖底下——杉林、岩屑和石块绵延不断。杉树林那边——是湖。

半山腰里有一条可容三人的、向上去的小路。

库勃佳回过头来望着谢列兹尼约夫，大声说：

“安托什，原来这是通我们这儿的，往山上来的！小路！我认出来了。”

“是通我们这儿的，”谢列兹尼约夫回答，说着解开了盐口袋，“瞧，盐都湿了。”

库勃佳激动的心情还没有平静下来。

谢列兹尼约夫迈着笨重的脚步来到库勃佳跟前：

“走吧，茶煮好了。望着它干什么呢——除了石头，还是石头。一点儿次序也没有，连上帝都不让它长大。糟蹋了多少耕地呀！”

安东机警地朝下面小路上望了望，用靴子轻轻踢了踢库勃佳。

“你看见了吗？”他低声说。

库勃佳不明白他的意思：

“什么？”

谢列兹尼约夫拉拉他的胳膊，也迅速卧倒在地上：

“就在那边，左边，你瞧。”

库勃佳突然压低了嗓子：

“人！……在那边山顶上！……”

“波兰人，”谢列兹尼约夫说，说着爬到了一边，“红裤子，看见了吗？”

他们匍匐爬了几步，然后站起来，从地上拿起了单发枪。

“波兰人，”谢列兹尼约夫对木匠们说，“熄掉……”

别斯巴雷赫发狂似的把火堆拨散，开始踩灭炭火。

“连茶也不让人喝，给他们嘴里塞上个钻！……上大森林去吗，还是怎么样呢？”

“依我看，得上大森林去。”戈尔布林说，说罢又连忙加上了一句，“乡里人把咱们出卖了。”

谢列兹尼约夫装上子弹，又爬了回来。

“库勃佳！……”他招呼他说，“走，咱们试试看。”

波兰人一个跟着一个，顺着小路慢慢地上来了，一边走，一边愉快地交谈着。

村长骑着一匹怀了驹的小矮马，走在最前面。

他后面是一个没带步枪的士兵，骑着一匹灰马，想必是个军官。风暴躁地梳理着马鬃。

军官不时四面环顾，甚至在马鞍上稍微抬起身来。

然而他没有发觉山上的农民们。

安东紧挨着库勃佳卧倒在地上，他的大胡子都碰着了木匠的肩膀，他咬着胡子尖说：

“你干那一个……第三个……我干那个军官……”

“老头呢？”

“老头——没有他的事……准是硬逼着来的……干吧！……”

“怪可怜的……我干不惯……”

“那你就留在村里好了……再没有比杀……人更容易的了。”

谢列兹尼约夫把手搁在他的腰上，亲切地说：

“干吧，啊……”

库勃佳觉得虚弱无力，端起枪来，瞄准了。

“呶，上帝保佑他吧。”他说，于是开了一枪。

像被风吹飞了的纸片一样，起初两匹马和两个人都好像一下子跳了起来，随后在空中翻着筋斗，从小路上飞下山去。

小路上有人尖声惨叫。

别斯巴雷赫跳到岩石边上，弯下腰去，也开了一枪。波兰人慢慢后退了，马猛烈地打着响鼻。农民们却都像狼一样，咬紧了牙，浑身汗湿，面色苍白，一个劲儿地自管开枪射击。

村长赶着马往前走，可是马浑身发抖，狂跳起来，连人带马一起翻下山去……

晚上当真下雨了。

农民们在杉树底下生了一大堆火，煮了一锅干鱼汤。四周一片漆黑，针叶像手指似的上下乱动，树枝噼噼啪啪地响着。

雷声从空而降，接着是黄金色的闪电插入群山，岩石被震得隆隆轰鸣。

“夏天费道尔节[①]下大雨，”谢列兹尼约夫懒洋洋地说，“庄稼准没有好收成。”

“这跟咱有什么相干呢？”戈尔布林问，“咱们又不收庄稼。”

谢列兹尼约夫仿佛满腹忧虑地说：

“咱们不能收庄稼了，这是真的……”

“不错……”索洛明内赫应声说。

库勃佳望望这两个又黑又胖的人——索洛明内赫和谢列兹尼约夫，不知为什么心里觉得很不舒服。

“舍不得土地吗，还是怎么的呢？”他严厉地问。

“土地，小伙子，可不能无缘无故地丢下。应当知道，什

① 有很多费道尔节，此处可能是7月13日。

么时候才能丢下它……”谢列兹尼约夫坚决地说。

“得了吧，值不得这么心痛它！”

“是上帝叫人们热爱土地。”

“你别撒谎了！……上帝给人们土地，是为了罚他们。”别斯巴雷赫大声说，“他说，你们劳动去吧……”

谢列兹尼约夫固执地重复说：

“别斯巴雷赫，你可别发脾气。也许上帝说错了话，只是土地……”

“怎么着呢？”

谢列兹尼约夫捡起一块炭屑，抽起烟来。

“库勃佳，我的脑袋里漆黑一团……”

“可怜那些波兰人吗？”

“不——……人——人算什么呢，随时都能造出人来。人——都是灰尘。只是咱们还没得到土地呢[①]。”

---

① 或可译作“咱们还没在土地上扎根呢”。这样与原文更相近，但意思比较含糊。

"谁给咱土地?"

"庄稼人们[1]。"

库勃佳冒火了。他弯腰凑到锅上，气愤地嗅了嗅，拿勺子搅了搅。

"我要这个干吗?"

"没有这个不成。"

库勃佳望望他那凝然不动的眼睛，仿佛吃了一惊：

"我是个神父吗，还是怎么的呢?"

"也许，你比他还重要呢……"

"嗐，去你的吧！……"

"小伙子，应当心里明白，什么是好，什么是歹。看看……懂了吗?"

"怎么，我是白白跑出来的吗？我抢人家了吗？我是个强

① 从前俄罗斯农民遇到什么重大问题，都要开全村农民大会来解决。这里就是指的这种农民大会。

盗吗?”

他们说话都很慢，很吃力。

他们的脑子还不习惯思索与家务有关的事情，仿佛都不大听话。每一个想法都似乎是从脑子里硬拉出来的，仿佛带出一块肉来，使他们觉得疼痛难忍，就像从上钩的鱼嘴里把钓钩拉出来一样。

别斯巴雷赫穿着贴身的内衣，肤色白皙，活像一根黄头火柴。他正轻轻地吹着小调，在裤子里捉虱子。

库勃佳伸手指指他说：

“你看——他过得多么自在！……可是你，安东·谢苗内奇，你却觉得苦恼。你离开家可真不容易呀。”

“只要有时间，置十个家也容易……”

“怎么样呢?”

“我也不知道啊……”

谢列兹尼约夫像从淤泥里往上爬似的、笨拙地站起来，往黑暗中走去。

“你上哪儿去？”库勃佳问他。

“不上哪儿……你们睡吧，我这就来。”

索洛明内赫惋惜地说：

“他心里难过啊。”

“我不明白他。”

“你的心是城里人的心。你在城里待了几年，可不是白待的。”

索洛明内赫取出汤勺，动手去切面包。

“如今人们都要来投奔咱了。”他说，声音里流露着很满意的心情。一面说着，一面拿刀在剁面包皮。

“你怎么知道的呢？”戈尔布林问。

“总是这样。看到咱们的事情干得顺手了。”

别斯巴雷赫拉紧裤子，插嘴说：

“照我看，他们准是拿了枪，把咱们全都逮起来——送进城去。伙计们，今儿个我身上有多少虱子啊——呜——呜！……”

“是吓的吗？”

“准是吓的。”

Ⅶ

打垮了那些波兰人以后，游击队开始扩充起来了。

大部分人都是从乌列亚村邻村来的——他们害怕城里进行报复。这些人来的时候赶着大车，带着许多零碎东西和妻儿老小。

可是也有从远处村子里来的——几乎都是对德作战时的老兵。他们是步行来的，都背着背包，带着单发枪，有些人甚至还有步枪。

扎营地挪到了大森林深处，靠近卢佳那亚山。在这儿搭起了帐幕，已经有将近五十人了。

谢列兹尼约夫碰到了库勃佳，对他说：

“应当选个队长。”

这些天库勃佳仿佛长高了，嘴角也耷拉了下来。也许，别在他腰带上的、那支从被打死的波兰人身上摘下来的手枪，也使他的外表变了模样。库勃佳同意这个意见，于是决定晚饭后开一个会。

库勃佳爬上了大车，农民们坐在草地上，抽着烟。库勃佳本想站着讲话，可是又改了主意，只是把无檐儿帽摘了下来。

有五六辆大车停在雪松树荫底下，一只白肚皮的小狗在大车之间慢慢地走来走去，大森林里飘来一阵阵树脂气味，农民们似乎是来割草，或者是来捡硬壳果的。

别斯巴雷赫在大家后面跪着，张着像顶针似的小嘴微笑。

他觉得很愉快，因为现在他们已经不是几个人了，而且大家都怀着敬意在听库勃佳讲话。

库勃佳说：

“同志们！……大家都知道，咱们是为什么聚会到这里来的，用不着跟你们解释什么。谁也没有强迫谁来，全是出于自愿……大家只是反对一样：我们不要高尔察克的老式统治，希望有咱们自己的农民政权。难道咱们是狼，每一个猎人咱都害怕吗？咱们自己已经有武装了，除了这个——乌拉尔那边还有苏维埃军队。需要坚持住，以后怎么样，将来会看得到的。这——样……现在得选个队长，因为就是绵羊，也要有个山羊领路哇。”

农民们哈哈大笑了。

“我想来想去，”库勃佳接着说，“唔，除了一个人，咱们再没有旁人了。因为要提名候选人，那么我赞成安东·谢苗诺维奇·谢列兹尼约夫。”

“我赞成库勃佳。”别斯巴雷赫说。

又有人说：索洛明内赫。索洛明内赫声音嗡嗡地说：

“我能干什么呢？我勉强才能对付我的老婆。”

农民们像在大会上一样，吵嚷了好久。举手表决了。大部分人赞成谢列兹尼约夫。谢列兹尼约夫涨得满脸通红。别斯巴雷赫说：

“大胡子脸红了。”

“喂，小伙子们，”谢列兹尼约夫忠厚地笑了，“现在我就是队长了。”

可是他突然闭紧嘴唇，很快地从那些大车之间穿过去，朝河边上走去。

“他上哪儿去呀？”库勃佳困惑不解地问。

索洛明内赫望望打小白桦林里穿过去的谢列兹尼约夫，回答说：

“这个人的心跟熊一样，不管怎么着，就是找不着路。[①]”

傍晚，乌列亚村的小学教员科别列夫——马里谢夫斯基到大营里来了。

他跟所有的农民们都握手问好，然后坐到库勃佳身旁。

“我是投奔你们来的。”他说，他说这话连自己也觉着有点儿意外。

他来的时候，本来只想看看他们的军营，看看就走。库勃佳望望他那朝前伸着的脑袋——那样子真像是引颈受戮似

① 熊总是一直朝前走，不管前面有没有路。

的，望望他脸上神情紧张的笑容，很高兴地说：

“欢迎!”

谢列兹尼约夫看见了教员，非常高兴：

“我们正需要您哪，尼古拉·奥西波维奇。”

教员笑得更紧张了。

“需要写命令，可是没有个认字的人。”

“什么命令?”库勃佳问。

“这不是吗，游击队已经成立了，谁想来，谁就来吧。等人再多一些的时候——咱就把周围各村的人全部动员起来。”

大家全部赞成。谢列兹尼约夫拿来了纸。教员坐下，提起笔来，他的羞怯消失了。他快活地望望库勃佳，说：

“写什么呢?”

“你写吧，”谢列兹尼约夫简短地说，“‘遵照政府的命令……’”

教员提出了异议：

“应当写上什么政府。”

“乡村里谁知道咱们是干什么的呢！只要不招惹他们，他们对什么政府都满不在乎。写上了吗？”

“‘遵照政府的命令……’写好了。”

“接着写！‘宣布征集所有志愿……与高尔察克部队作战的人们……无论是步行的，还是骑马的……老的，还是小的……务必随身携带单发枪或步枪……我们缺少武器……’不，这一句不要！他们自己猜得到的。‘到集合地点集合……’瞧——！……跟征兵处的长官一模一样！可是上哪儿去集合呢——我不知道。”

“天上。”别斯巴雷赫说。

库勃佳想了想，插嘴说：

“咱们这么写吧：‘安东·谢列兹尼约夫第一游击大队’——旁的都不用写了。”

谢列兹尼约夫反对这样写。

“不成，”库勃佳说，“名字对农民有号召力。”

大家都同意。名字当真对农民有号召力……

乡下谣传白匪头子安年科夫[1]的哥萨鄂木斯克开到县城里来了。乡村里人心惶惶。哥萨克镇压起义农民以特别残酷无情著称。这是因为加入安年科夫和克拉西里尼科夫部队的哥萨克，都是特别怨恨苏维埃政权的人。哥萨克们肩章上的标志，是一个骷髅头和两根交叉着的骨头。

各处市集上旧式大马车车声辚辚，吱嘎吱嘎的大车络绎不绝——人们聚集到这些地方，等散集以后，就在村后围墙旁边半天半天地开起大会来。

有人在大会上发言，号召起义。他们说，鄂木斯克正处在陷落的前夕，斯拉夫格勒和巴甫洛达尔城里都已经是苏维埃政权了。早上，可以看到通大森林的路上有许多农民，背着背囊，扛着步枪，去投奔安东·谢列兹尼约夫。

城里也过着惊惶不安的日子。

---

① 安年科夫（1890—1927），十月革命前是哥萨克军官，内战时期是白匪将领，盘踞在塞米巴拉敦斯克省，曾残酷镇压起义农民。

据说，安东·谢列兹尼约夫的成千上万的部队就驻扎在大森林里，离城不远，一等到有合适的机会，就要前来洗城，那时候只有工人才能够活命。大家都用羡慕的眼光望着工人们，县城的首长波波夫大尉时常和特务机关的队长谈话。

“俄罗斯电讯社”发来的电报报道，红军已经占领了库尔干，正在迫近彼得罗巴甫洛夫斯克，鄂木斯克已在进行疏散，铁路线上源源不断地开来许多列车。车上满载着向后方疏散的机关和难民，真像是在这些消息底下画上了一道粗红线。

每到夜里，大森林里就着起火来——山火在燃烧，半边天空都被鲜红的火光照亮了。

在这片火光的背影里，被捕的农民们被赶出了低矮的、砖砌的监狱，被赶出城去，赶到一个孤零零的、写着“诺贝尔”字样的白色贮油槽旁。农民们对着东方像橙黄色带子一样的火光画十字，这时候就朝他们开枪了。

没有人知道，是谁埋葬了他们和埋葬在哪里……

7月中旬，白匪头子安年科夫将军的部队向大森林进发了。说得更正确些，这只是一部分部队，配备着机枪的两个连，由四个军官率领着。那时候将军本人正带领他的主力部队防守塞米巴拉敦斯克，抵御起义的农民。

一切都使哥萨克部队的士兵感到怒不可遏。前线上节节失利，捷克人拒绝作战，农民起义的烽火越燃越炽烈，还有他们总是被调来调去——去送死，去被迫杀人。

怒不可遏的士兵们焚烧村庄和草垛，鞭打和绞死农民。农民们就这样来报复他们——打死那些掉队的士兵，要不就把有白匪军住宿的房子，连房带人付之一炬。

库勃佳想要进城去——和布尔什维克的地下支部取得联系，可是一个从城里跑出来的磨粉厂的工人说，支部已被破获，支部里的人也都被害了。不过来参加游击队的人仍然络绎不绝。

游击队已经成立了由小学教员科别列夫-马里谢夫斯基领导的办公室和由索洛明内赫掌管的经济部门，游击队里吱嘎吱嘎的大车声越来越勤，来找库勃佳和谢列兹尼约夫诉苦的人也越来越多了。

现在人们谈的都是已经司空见惯的农民们的苦难——白匪焚烧了他们的粮食、房子，赶走了他们的牲口，打死了人。大家的话几乎是一样的，都是寥寥数语。可是每一个诉罢苦走开的男人和女人，都仿佛在人心里留下了越来越多的痛苦。

所有的游击队员外表上都发生了变化，他们微微弯着腰走路，戒掉了酒，甚至连别斯巴雷赫，如果喝了酒的话，也羞愧地面对着墙去睡觉。

谁也没有留心这些变化，一切都仿佛是理所当然的。人们都变严肃了，游击队也日益壮大起来。只有库勃佳时而一阵一阵地挥着手哈哈大笑，看来他是想竭力摆脱萦绕在大家心头的、惋惜土地的苦恼心情，远远避开这些浑身发出大森林里的烟火味的农民——每天都有这样的人赶着大车，骑着马，或是步行着到卢佳那亚山来。

只有谢列兹尼约夫朝后仰着头，微笑着，露出上面的门牙，到处走来走去。

“安东，你真像个神父哇。”库勃佳说。

“你呢——像个罪人。”

有一次，叶莫林骑着马跑来了。他愉快地和大家热烈地握手，拍拍库勃佳的肩膀说：

“过得怎么样啊，小伙子？我把你们这些下流胚都培养成人了。应当为我祈祷啊。”

“谷仓造好了吗？”库勃佳问。

叶莫林闭上眼睛，摇了摇头：

“等到跟你们造好谷仓，墙脚就要烂了。唉，这样的年月！出了什么事了呢，我怎么着也弄不懂。老百姓都疯了吗，还是怎么的呢？叫人看着又好笑又荒谬……”

“那你就少看几眼吧。”

“难道不能吗？”

叶莫林啐了一口，狡猾地嘿嘿一笑：

“我可是主人呐。我真想知道，人们是怎样地安排自己的生活，所以我要看看。”

“你给帮帮忙吧。”

“算了吧，我们给帮忙，只不过是多长些虱子。如今需要的是另一种人。你瞧，我东奔西跑，东奔西跑，可是无论如何也弄不明白，如今需要什么样的人。人们互相残杀，焚烧，一直像是等着什么人似的，啊？”

叶莫林抽紧马肚带，爬上了马鞍：

“你们这儿可真是自由！谁想来就来。可是他们是些什么人呢，现在的强盗，你看他们多有办法！过得真妙哇，小伙子们，妙极了！”

Ⅷ

人们在谈论白军：

“听说，高尔察克的军队在逃跑！……差点儿没有占领鄂木斯克。全部土地都要归苏维埃了，小伙子们，瞧着吧！……”

满脸雀斑的小个子别斯巴雷赫甚至蹲下来了，这个想法仿佛弄得他心痒难熬。

戈尔布林用一片破瓦罐装上牛奶，喂那只白肚皮的小狗。小狗摇摇头，溅出许多白点，四散飞舞，然后顺着它身上的绒毛滚了下来。农民们在大车之间溜达着，脸上流露着忧愁和担心的神气，松林里斧头叮叮当当地响，马在长嘶。

“在哪儿过冬呢？”戈尔布林拍拍小狗的背说，“没有活儿干，人都待傻了。人们苦恼哇，苦恼哇，可是自己也不知道，为的是什么。”

“要是知道了——也就不苦恼了。安年科夫离这儿不远了。”

“叫他活见鬼去吧，扭断他的脖子！”

“等着瞧吧。也许是他，也许是咱——总有人要扭断脖子。”

“森林大得很，咱们躲开算了。”

“子弹在后头追，你能躲多远。本来嘛，英国的军火，他们可一点儿也不心疼。”

别斯巴雷赫惊奇地瞪着眼望了望大森林，愤恨地大声说：

“英国的庄稼人是怎么个看法呢？为什么让他们干这种伤天害理的事？那儿不会没有大老粗吧！要是像咱们这儿的人这样糊涂，倒也罢了，可是，听说他们那儿连大老粗都没有呢。”

“他们撒谎！”戈尔布林令人信服地说，“不会没有大老粗的，到处傻瓜都很多。他们运军火来，骗老百姓们说，人们要打猎呢。”

“用步枪吗？”

“用步枪只能打熊，那儿打的却是另一种野兽。”

“那么军装呢，啊？”

戈尔布林困窘地瞅了瞅别斯巴雷赫的脸。

“这是他们的事，我不知道！……”

库勃佳走过来了，他显得有点儿无精打采，麻脸上流露着惊恐不安的神情。

“收拾收拾东西吧。”他匆匆地说。

别斯巴雷赫跳起来了。

“走吗，还是怎么着呢？我说过，安年科夫离得不远了。”

库勃佳整了整腰带。子弹带和手枪仿佛碍他的事。

“哪儿也不去。咱就待在这儿。女人们和大车都要走……离开灾难远着点。咱们，要是有必要的话，那么就上阿尔泰……”

“走另一条路吗？”

别斯巴雷赫两手撑在地上，打了个呼哨：

“还抱怨没有活儿干呢！……”

谢列兹尼约夫的宽大身躯沉着地从大车之间走过去了。他用干练的目光瞅瞅大车和旧式大马车，像从前打谷的时候催促人们一样，说话声稍带点儿公鸭嗓子，催促大家说：

“收拾收拾吧，正教徒们，收拾收拾吧！怎么带了这么多废物来呀。”

一个穿脏长衫的老太婆抽抽搭搭地说：

“舍不得这些旧东西啊，安东·谢苗内奇。”

“是啊……是啊……”谢列兹尼约夫挺认真地说。

戈尔布林用很满意的声音说：

“走吧，首长！……”

过了一个钟头，伊尔比特式的大车，货车，马车，一辆跟着一辆，顺着小路慢慢地往大森林里走去，路上遍地都是树根，车辆不时颠簸着。

小孩子们在号啕大哭，鸡鸭在马车里咯咯地乱叫，犄角上捆着绳子，拴在大车后面的牛在哞哞地哀鸣，腿上长着长毛的大肚子的小马，仍然拖着大车一个劲儿地朝前走着。

草莓成熟了，飘散着淡淡的甜腻腻的香气。和往常一样，雪松微微摇摆着树梢，发出轻微的沙沙声。

人们赶着车在下面的小路上走着，队伍拖得很长。各式各样的哭声和呼唤声乱糟糟的，有如百鸟齐鸣。

二百多个游击队员护送大车转移到黄金湖那边去了，牧场上最多剩下了一百来人。

转移的人配备着猎枪，留下的人都配备着步枪。布置好了岗哨，大森林里埋伏下了斥候，开始等待着。

“你满意了吧？”库勃佳问谢列兹尼约夫，“还是仍然觉着不安心呢？”

“没什么，总能对付的。”谢列兹尼约夫疲倦地微微一笑，回答说。

“你到底遂了心愿了，应当满意。”

库勃佳的声调里好像有点生气的意味。

“我并不抱怨。就是抱怨的话——又有什么用呢？”

“你真像个新生的婴儿，自己也不知道该上哪儿去。”

谢列兹尼约夫朝库勃佳头顶上边望了望，呶了呶嘴。

“你听说了吗，”他声调温和地说，“乌列亚村都化成一片灰了。”

别斯巴雷赫像个傻子似的一下子跳了起来：

“烧毁了吗？……”

“烧光了，”谢列兹尼约夫很平淡地回答，一面掏出了烟袋，“幸好及时把婆娘接出来了。要不，准会绞死她的。他们都把我恨透了。”

“今天他们就要来了。”

谢列兹尼约夫卷了一支烟，两眼敏捷地朝四周望了望，用手轻轻地碰了碰库勃佳。

“今天不会来，你记着我的话吧。可是乌列亚村只不过是个楔子，热闹的还在后头呢。”

他把外套铺到地上。

“躺下，歇会儿吧。”

于是翻身倒在地上，用深沉、苦痛的声音说：

“最主要的，是对什么都不要惊奇。那时候你也就没有什么好担心的了。是吧？库勃佳！你是怎么个想法呢？”

“我想，”库勃佳说，“咱们没有机枪，可是他们有3挺。他们准会像割草一样大量杀伤咱们。”

“他们会把咱打死的。”戈尔布林肯定地说。

谢列兹尼约夫拔下一棵草来，仔细端详着。

“还小，老弟，这就是说，可以喂马，真糟糕！”他微笑着说，“如今草长得真好。当然啦，有割草机的，总比使镰刀强。可是我怎么想，高岗上边不能开机器，是不，库勃佳？”

库勃佳也得意地微笑了：

“是不能开，安东·谢苗内奇。”

谢列兹尼约夫疲倦地闭上了眼。

“这些天来我也累了，就跟过了一千年似的。库勃佳，你倒开始发胖了。”

“我身上从来连一点儿油都没有。”

“这可不好。没有油——就跟没有面包一样。随时都要有点储备才好。”

他把无檐儿帽盖到脸上，深深打了个哈欠。

“没有蚊子该多好呢。要不，光咬人。”

他刚一合眼，立刻就昏昏沉沉地打起鼾来。

过了两天，一大清早游击队员和哥萨克们在“波涅夫门”附近遭遇上了。

有八块巨石横亘在布亚河中。岩石之间波涛汹涌，掀起一片片闪闪发光的白浪，哗哗的水声，隆隆的轰鸣，声势犹如万马奔腾。

靠左岸水流较缓，甚至可以划着小船在那儿通行。

顺着布亚河往上游去——岗峦起伏，好像许多吉尔吉斯人戴的绿天鹅绒帽子，往下游去——是一片被河水淹没的平原。

游击队员们正沿河下来，哥萨克们却正往山上去。

哥萨克们在平原上排成一道很长的散兵线，挖好了战壕，架起两挺机枪，开始扫射。农民们却仔细瞄准了，看清楚是不是有哥萨克探出身来，一枪一枪地射击。哥萨克们有几次跳起来，毫无信心地高声呐喊着“乌拉”，向游击队员发起冲锋。

可是立刻有一些人被击毙，或是受伤倒下。哥萨克们又都躲进战壕，匆匆忙忙地扳动起机枪来。

农民们潜伏在雪松后面，毫无动静。

双方对射的子弹在这块不大的平地上交叉飞舞，平地左边环绕着一湾流水，右边是一片密林，那儿潜伏着哥萨克的第二连队，他们没有参加射击。

蚊子十分猖獗，太阳直晒着受伤的哥萨克们，他们要求喝水。

可是没有人给他们水喝。大家都想尽可能多打死几个农民——农民们正躲在雪松后面，从容不迫地、准确地射击着。

他们这样对射了约莫有一个半钟头。

最后，军官们作出了决定，下令进攻。这也就是说，无论如何也要向躲在树后面射击的游击队员冲锋，歼灭他们。

尽管在高大、绊脚的杂草上根本无法奔跑，尽管游击队员们决不会停止射击，转身逃走，可是谁也不觉得这个想法是荒谬的。哥萨克们和军官们一同高声喊着“乌拉”，一面开枪射击，一面在草地上和密林里匍匐前进。他们都大张着嘴，嘴里塞满了杂草，杂草上直往下掉讨厌的干花粉。

身边时而有受伤的和被击毙的人倒下去。不知怎的，叫人看着好像有点儿滑稽。哥萨克们却仍然高喊着“乌拉”，一面射击，一面前进。

农民们仍然躲在雪松后面，不慌不忙，并不起劲地射击着。他们似乎打得并不认真，好像这就要丢掉武器，出来投降了。

离开雪松林最多只剩下一百步了，这时哥萨克们突然放了一排枪，齐声呐喊：

“乌拉——啊！”

也不知是由于这微弱的喊声呢，还是另有旁的原因，然而哥萨克们突然觉得，他们的处境不妙，应当逃跑。哥萨克们停下来，再大喊一声，这次喊声已经完全变了样：

“乌——啊——啊——啊……”

于是转身就跑。

穿着长衫和印花布衬衫的农民们从树干后面跳出来扑向空地，乱糟糟地高声呐喊：

“缴枪——！……”

“完蛋了……”哥萨克们想，他们没命地奔跑，自己也不知道是往哪里去。

他们似乎觉得背后有农民的呼吸，似乎看到了须发蓬乱、龇着牙的面孔，无数赤铜色的斑点在哥萨克们的眼睛里跳起舞来。

他们当中有些人跳到水里，往对岸游去。

有两个军官也跳下了水，可是他们不会游泳，两手莫名其妙地在水里乱划了一阵儿，抓住了朝水面上耷拉着的山水杨树枝。

这时候，库勃佳和别斯巴雷赫跑到河边来了，他们看到了那两个军官，像看把戏似的，一直等到他们抓牢了树枝，这才举起枪来，打死了他们。

河里涌起一阵波浪，卷走了他们的尸体。

哥萨克们好容易跑到了平原尽头，又看到了自己的机枪。

那时他们不知为什么重又觉得有了力量，于是又开枪回击了。

“后退！”谢列兹尼约夫震耳欲聋地高声大喊。农民们像鸡雏躲在母鸡的翅膀底下一样，弯着腰跑回大森林里去。

别斯巴雷赫正站在河岸上，忽然觉得小腿上一阵剧痛，他摸了摸湿漉漉的裤腿，心想：“受伤了。”

他的脸一下子变白了，就像多年的老骨头一样，他突然微笑着，大声对库勃佳说：

“我受伤了……”

“唉，你呀！”库勃佳说。于是搀着他的胳膊，扶着他走。

后面，哥萨克们又在平原上冲上来了。

农民们一边走，一边回击，慢慢转到右面，退回山里。

哥萨克们又排成一道均匀的散兵线，放几枪，在树后面躲一躲，紧紧地追赶着他们。

农民们既不明白是什么人追赶他们，哥萨克们也不明白他们想要杀死的是什么人。

“乌拉——啊！”哥萨克们不时高声呐喊。

别斯巴雷赫的腿痛，头变得十分沉重，全身都好像成了他的累赘。

库勃佳和戈尔布林搀着他的胳膊，拖着他走，头发蓬松、浑身汗湿的谢列兹尼约夫跟在后边，每放一枪，都要催促说：

“走哇，走哇，别掉队！……”

他们走进了一片茂密的白桦林。

淡绿色的白桦林中点缀着几棵冷杉，宛如一件浅色的衣服缀着几颗深色纽扣。

高大的野草使人难以行走，羊齿已经没有了，飘散着甜腻腻的香味的飞廉，却时常划破他们的手。

别斯巴雷赫好像已经痛得昏迷不醒，说起胡话来了，每走一步都绝望地大叫：

“放开我呀，伙计们，放开我吧！”

谢列兹尼约夫觉得两臂麻木无力，他边后退，边射击，同时用忧郁的声音一再重复说：

“别叫苦，别斯巴雷赫……别叹气，小伙子……快点走，快点走……别掉队……”

农民们都已经乱糟糟地拥到前面去了。

上山的路越来越陡。他们停下来为别斯巴雷赫包扎伤口，可是听到哥萨克们的呐喊声已经离得很近，就又朝前走去。

脚底下净是小圆石子，走起来滑得很，只好沿着空地边缘，远远绕过那些石头“秃顶”，后面，哥萨克们毫不间歇地、徒劳无益地、砰砰地射击着。

谢列兹尼约夫快活起来了，把步枪背到了肩膀上。

“咱们走哇，”他说，“领他们见森林里的妖怪去!”

别斯巴雷赫的头摇摇摆摆，好像一颗成熟了的罂粟果迎风摆动。

浓血浸湿了军裤，也染污了戈尔布林和库勃佳的手。

库勃佳的假缎子蓝衬衫的胳膊肘上有一个大窟窿，里面隐约露出了被蚊子咬伤的粉红色的皮肤。

谢列兹尼约夫看着他觉得很不舒服，他落在后面了。

山路陡峭，两旁矗立着房屋般大小的灰石板，石板边缘非常整齐，好像是锯开的。他们越往上去，就越加强烈地感觉到，似乎有一种模模糊糊的危险正在前面等待着他们。

他们加快了脚步，虽然都很累了，却径直从岩屑上面走过去。

白桦林和白杨林都已经到了尽头。

前面只有一片枝叶蓬乱的雪松，虽然太阳还在照射着，可是积雪的山峰上吹来了阵阵严酷、猛烈的寒风。

他们把腰带扎得更紧，更加高声谈起话来，仿佛是想要撕裂这笼罩着大森林的寂静的罗网——只有风声划破这儿的寂静。

脚底下的青苔发出沙沙的声音。

他们站下来，在像雪一样沙沙响着的苍白的杂草上，擦净在大森林里沾满黏土的脚，给别斯巴雷赫扎紧伤口，互相望了一眼，又默默地匆匆朝上走去。

风吹得头发在空中飞舞，吹得衬衫鼓胀了起来。

不知是因为疲倦呢，还是由于旁的原因，他们的思想都仿佛变稀薄了，已经无法再使它们完成平常的任务。

现在由谢列兹尼约夫带路。

他浑身汗湿——甚至连厚呢上衣也湿透了，就像淋了雨一样。他的眼白上蒙了一层红丝，瞳孔有如布单子上的油点，一个劲儿地向四周流散。

他丢掉了帽子，光着头走，乌黑的大胡子也被风吹散了。

库勃佳觉得浑身疲惫无力。

身边有个生着棕黄色头发的小个子，俯在他的手臂上，不住口地高声叫喊。他一直张着嘴，舌头在嘴里摆动着，活像一根小木棍，嘴里发出来的声音，就像用剪刀剪洋铁片一样。有时库勃佳无论如何也想不起来，他在哪儿看见过这些濡湿的胡子，和这个长满雀斑的、有皱纹的鼻梁。

撒满岩屑的空地突然扩展开来，他们看到，前面是一片光秃秃的、丘陵起伏的田野。

一群持枪的人在田野上整齐地排成一道散兵线，六个人手执手枪迎着他们跑来。

这些人都穿着英国军大衣，农民们朝他们望了一眼，觉得一阵寒风迎面吹来。同时看到，就在不远矗立着常年积雪的山峰，犹如微微闪射着蓝光的糖塔。

谢列兹尼约夫摘下枪来，大喊一声，同时放了一枪，枪声打断了他的呼喊：

“快跑……”

“卜——噢——啊赫！……”

随后他对库勃佳挥了挥手，他的脸色突然变年轻了，他匆匆地说：

“丢下……快跑……”

他弯下了腰，塞给别斯巴雷赫一支手枪，然后躬身朝前跑去。

其余的人也都跟着他们奔跑。

别斯巴雷赫觉得害怕了，他想要摆脱为自己担心的想法，于是把手枪紧抵在太阳穴上，可是又改了主意，就对着腰部开了一枪。

“完了！……”

谢列兹尼约夫一面跑，一面断断续续地想：

“路……走错了……应当……涉水……从山谷里走……”

他突然想到，他还希望看到从俄罗斯打过来的红军呢。

“咱们瞧着吧……”这个想法在他脑子里忽地一闪。

他站下来，很流利地说：

“站住，小伙子们！别跑了！”

听到他的声音，库勃佳想：“完蛋了。”于是很快就站住了。

戈尔布林在他们身后卧倒在地上，奔跑的时候他把步枪弄丢了。

“咱们瞧吧……”安东说，一面压上了一梭子子弹。

Ⅸ

过了一个星期，“内部战线”的战报报道，乌列亚区的安东·谢列兹尼约夫匪帮已被击溃，他本人也在互射时阵亡了。

又过了两个月，游击队员们和红军正规部队一同收复了尼洛夫斯克，农民们把谢列兹尼约夫、库勃佳和另外四个不知名的尸体从雪山上运了回来。

他们挖了一个深深的墓坑，工人们携带着红旗前来参加葬仪。乐队奏起了“国际歌”，几个穿灰军大衣、白色兔皮帽上缀着洋铁片红星的讲演者，演说了很久，并且伸手直指着东方。

包工头叶莫林穿着一件黄羊皮短大衣，站在一边——站在送葬行列的后边，凝望着那些红旗和奏乐者的耀眼夺目、闪闪发光的喇叭。他觉得深受感动，心里满怀着同情。他擦干了鼻子上的眼泪，对旁边一个人说：

“你看，是些多好的小伙子们啊。”